Anno 2039 – Ein Königreich für ein Kind!

Für meinen Sohn Felix!

W. M. Auchimmer

Anno 2039 –
Ein Königreich für ein Kind!

Bibliografische Information der Deutschen Bibliothek:
Die Deutsche Bibliothek verzeichnet diese Publikation in der
Deutschen Nationalbibliografie; detaillierte Informationen sind im
Internet über
<http://dnb.ddb.de> abrufbar.

© 2006 W. M. Auchimmer
Umschlagdesign, Satz, Herstellung und Verlag: Books on Demand
GmbH, Norderstedt
ISBN 10: 3-8334-5100-9
ISBN 13: 978-3-8334-5100-3

Johanna sieht zum soundsovielten Mal auf die Uhr. Schon zwanzig Minuten nach fünf. Eigentlich wollte sie so »um die fünf« hier sein, wie sie gestern am Telefon gesagt hat. Na ja, grob betrachtet ist zwanzig nach fünf auch noch so um fünf, oder? Oder auch nicht, und es ist etwas dazwischen gekommen. – Unsinn, dann hätte sie längst angerufen, zuverlässig, wie sie ist. Das hat sie von ihrem Vater, dieses Korrekte, Verlässliche, denkt Johanna und lächelt. Sie lächelt immer, wenn sie an ihren Sohn denkt. Ihr Blick wandert wieder zur Uhr. Oh Helen, wo bleibst du nur? Wenn sie nun wirklich mal nicht käme? Wenn ... wenn sie überhaupt nicht mehr käme? Sie schüttelt energisch den Kopf – Herr Gott, Johanna, jetzt werd nicht gleich panisch, das ist schlecht für deinen Herzfrequenzregulator. Was wäre das für eine Todesursache? Herzstillstand durch Verspätung der Enkelin. Hört sich total bescheuert an! Nein, nein, sie ist jetzt fast neunzig, und sie ist nicht bis hierher gekommen, um bei der geringsten Kleinigkeit den Löffel abzugeben. Sie muss lachen –‚den Löffel abgeben‘, so was sagt heute kein Mensch mehr. Das war schon vor über vierzig Jahren nicht mehr originell. Ihre Ausdrucksweise ist sowieso hemmungslos altmodisch. ‚Total abgelaufen‘, wie Helen oft amüsiert feststellt.

Helen – ihr einziges Enkelkind; das bisher letzte Glied in der Kette ihrer Familie. Die kostbarste Kostbarkeit, die man sich vorstellen kann. Darum wird sie von allen rundherum beneidet. Von den Nachbarn, ihren Bekannten und vor allem von ihren drei Freundinnen: Elvira, Margot und Hetty (von Henriette). Alle drei in ihrem

Alter, und alle haben ihre Ehemänner längst beerdigt, wie sie selber auch. Und alle drei, wie auch Johanna, sind wandelnde Ersatzteillager. Künstliche Hüft- und Kniegelenke, Herzklappen, Bypässe; ganz zu schweigen von Hör-, Seh- und Beißhilfen. Und obwohl es den anderen drei alten Ladies finanziell außerordentlich gut geht, ist Johanna die absolute Königin dieses Grufty-Quartetts. Und das nur wegen Helen. Sie ist die Einzige mit einem Enkelkind. Und wenn sie es noch ein paar Jährchen machen sollte, könnte sie sogar Uroma werden. Rein theoretisch. Was für Aussichten! Und was für Aussichten haben die drei anderen? – Nur sterben!

Johanna zuckt zusammen. Hat es nicht gerade gesummt? Helen hat zwar einen Schlüssel, aber sie betätigt grundsätzlich erst den Summer, um sich anzukündigen. Ja, die Tür wird aufgeschlossen. Und da steht sie auch schon vor ihr, ganz in weiß, schlank und hübsch, mittelgroß, mit blondem Pferdeschwanz.

»Hi, Oma. Ich weiß, ich bin zu spät. Tut mir wirklich leid. Und ich konnte nicht mal anrufen. Auf der Station war der Teufel los. – Ist irgendwas? Du hast Schweißperlen auf der Stirn.«

Johanna sieht ihre Enkeltochter lächelnd an: »Nach dem zwanzigsten Liegestütz hab ich das immer. Nein, ist natürlich nur 'n Scherz. Ist vielleicht einfach ein bisschen warm hier. Also, was war los bei euch? Sind tatsächlich mal zwei Babys statt einem während einer Schicht zur Welt gekommen und ihr seid mit der ,Menge' nicht fertig geworden?«

Helen tut beleidigt: »Ha, ha, sehr witzig.« Sie kräuselt die Stirn und denkt einen Moment nach: »Wenn ich jetzt mal überlege … zwei Neugeborene während eines Dienstes, das ist seit Ewigkeiten nicht mehr vorgekommen.« Sie lässt sich auf einen Sessel vis-a-vis von Johanna fallen: »Na ja, wie auch immer. Jedenfalls hat heute endlich dieses Kind das Licht der Welt erblickt. Du weißt schon, ich hab dir davon erzählt. Dieses Ehepaar, wie aus dem Bilderbuch, beide intelligent, gebildet, beide hier geboren, unheimlich verliebt ineinander. Und bei ihr überhaupt keine Probleme, keine fehlenden Eierstöcke, keine missgebildete Gebärmutter, keine Leihmutter nötig. Und während der ganzen Schwangerschaft keine Komplikationen. Einfach grandios, wie im Märchen. Und als heute Morgen die Geburt bevorstand, dachten natürlich alle, es müsse noch was passieren. Aber nix! Auf einmal war das Baby da.« Helen schlägt die Hände zusammen und verdreht die Augen: »Und was für ein Baby! Rundherum gesund, ein süßes, kleines Mädchen. Blaue Augen, blonde Löckchen. Wie ein Engel. Kannst du dir das vorstellen?«

»Spielend«, grinst Johanna spöttisch, »als ich jung war, und so weit reicht mein Gedächtnis tatsächlich noch zurück, waren solche Babys gang und gäbe, samt unkomplizierten Schwangerschaften und Geburten. Das war Normalität, verstehst du?«

Helen schüttelt ernst den Kopf: »Nein, versteh ich nicht. Ich bin jetzt fünfundzwanzig Jahre alt und solange ich denken kann, gab es mit allem, was mit dem Kinderkriegen zu tun hat, nur Probleme. Erst vorige Woche wollte wieder eine junge Frau aus einem Fenster im obersten Stockwerk unserer Klinik springen, nachdem sie das Ergebnis einer bei ihr durchgeführten Bauchspiegelung in Händen hielt: keine Eierstöcke, jämmerlich verkrüppelte Gebärmutter, nix mit Kinderkriegen. Und der zukünftige Ehemann hat gar keinen Zweifel an seiner Entscheidung bei solch einem niederschmetternden Befund zugelassen: Er wird sofort das Weite suchen. Er will ein eigenes Kind, eine Familie. Kann man ihm das verdenken oder gar vorwerfen?«

Johanna sieht auf ihre Hände: »Tja, so ändern sich die Zeiten. In meiner Jugend haben sich die Männer vom Acker gemacht, gerade wenn ihre Freundin schwanger war.«

Helen sieht ihre Großmutter verständnislos an: »Aber wie konnte das passieren? Diese große Veränderung in der doch recht kurzen Zeit?«

Johanna muss lachen: »Entschuldige, Helen, ich weiß, das Ganze ist alles andere als komisch. Aber mir fällt gerade ein, dass wir damals in den achtziger und neunziger Jahren, als gewollte Kinderlosigkeit als chic galt, unsere Witze darüber gemacht haben. Wir haben uns amüsiert bei dem Gedanken, dass die weiblichen Organe bei Nichtgebrauch nach und nach verkümmern und bei den nächsten Generationen vielleicht teilweise oder auch gar nicht mehr vorhanden wären. Weißt du, wie die Weisheitszähne, die heute kein Mensch mehr kriegt, weil sie nicht gebraucht werden. Die Natur ist eben schlauer als wir. Allerdings hat die Veränderung des menschlichen Gebisses mehrere Jahrhunderte gebraucht, während die Vorrichtungen zum Kinderkriegen vielen Frauen über die unglaublich kurze Zeit von sechzig, siebzig Jahren abhanden gekommen sind. Damit hat wirklich niemand gerechnet.«

»Und was sagt uns das?«, seufzt Helen, »dass die weiblichen Organe wesentlich sensibler sind als die menschlichen Zähne. – Soll ich uns Kaffee machen?«

Johanna deutet in Richtung Küche: »Ist schon fertig. Die gefüllte Kanne und Tassen stehen auf dem Küchentisch. Du musst es nur herholen.«

»Aber ich hab dir doch extra so eine Maschine mitgebracht. Tassen drunter, Knöpfchen drücken, fertig.«

»Ja, ja, die steht da auch irgendwo. Aber ich hab halt lieber so eine gemütliche, warme Kanne, aus der man noch mal was nachschenken kann.«

»Ach Oma, du gehörst bestimmt zu den letzten Menschen in unserem Land, die so viel Aufhebens um 'ne Tasse Kaffee machen. Wasser kochen, den Kaffee abmessen, dann diese ulkigen weißen Mützchen …«

»Filter nennt man so was, Helen, Filtertüten. Ist doch kein schwieriges Wort, oder?«

»Na gut, dann tröpfelt also der Kaffee eine Ewigkeit durch diese Filtertüten. Ich frage mich sowieso, wo man so was kaufen kann.«

Johanna grinst: »In einem Geschäft, drei Ecken weiter. Über der Ladentür steht ›Vorsintflutliche Artikel für alte Schachteln‹. Alle meine Freundinnen kaufen da. Du würdest dich wundern, wie viel junge Leute sich inzwischen unter uns mischen. Ich glaube, Nostalgie ist in. Und jetzt hol den Kaffee.«

Als Helen mit einem Tablett aus der Küche kommt, kramt ihre Großmutter in der Schublade einer riesigen Kommode. »Wie heißt dieses Mordsgerät noch mal?«, fragt die Enkelin mit gespieltem Interesse und deutet auf das monströse Möbelstück.

»Tallboy. Das ist ein Tallboy aus England. Voll Mahagoni, Originalbeschläge, Anfang 19. Jahrhundert. Man sagt auch ‚chest on chest‘ dazu, weil dieses Möbel immer aus zwei aufeinander gestellten Kommoden besteht. Die untere hat immer drei riesige Schubladen und die obere drei mittelgroße und ganz zuoberst zwei kleine. Demnach hat ein Original-Tallboy immer acht Schubladen. Und ich …« Johanna sieht ihre Enkeltochter schmunzelnd an: »Ich hab mich da jetzt reingesteigert. Im Übrigen habe ich dir das schon mindestens hundert Mal erklärt.«

Helen lacht: »Ich weiß. Aber ich wollt's noch mal hören.«

Die alte Frau streicht liebevoll mit der Hand über das honigfarben schimmernde Holz. »Hör mal, Helen, das ist jetzt eine gute Gelegenheit, dass du mir hier und gleich versprichst, diesen Tallboy nie zum Sperrmüll zu geben. Ich meine, wenn ich nicht mehr da bin.«

Die junge Frau tut überrascht: »Hey, wo willst du hin?«

»Na komm, ich bin jetzt neunundachtzig und mir geht langsam die Puste aus. Müsste man mir noch ein weiteres Ersatzteil verpassen, könnte ich nur noch per Sondermüll entsorgt werden. Und ich glaube nicht, dass dein Vater erfreut wäre, wenn ich ihm noch so eine Antiquität aufs Auge drücken würde. Er war schon ziemlich überfordert mit den überzähligen Familienschätzchen, die ihm untergejubelt wurden, als ich nach dem Tod deines Großvaters meinen Haushalt radikal verkleinert habe. Lennard war einfach zu gutmütig, mir meinen Wunsch abzuschlagen, obwohl er eigentlich nur moderne Möbel mag. Und ich hatte das Glück, dass deine Mutter für alte Dinge schwärmt. Aber diese Kommode hier ist was ganz Besonderes. Dein Großvater und ich haben sie 1975 gekauft, kurz nachdem wir geheiratet hatten. Sie war viel zu teuer für uns, aber wir haben es irgendwie geschafft, sie uns regelrecht vom Munde abzusparen. Wir haben es nie bereut. Dieses Möbelstück hat jeden Umzug unbeschadet überstanden und zur Not kann man fast seinen ganzen Hausrat darin verstauen.«

Helen tut genervt: »Nun hör schon auf, Oma. Du musst dieses Monstrum nicht weiter anpreisen. Für wie blöd hältst du mich, dass ich mir ein so wertvolles Teil aus d e r Zeit bei voller Besinnung durch die Lappen gehen lasse? Und immer, wenn ich es dann anschaue, werde ich deine Stimme hören, wie du mir die Anordnung der Schubladen erläuterst.«

Johanna strahlt: »Das ist ein wirklich schöner Gedanke.« Sie sieht ihre Enkelin verschmitzt an: »Soll ich vielleicht noch mal … ?«

Helen wehrt lachend ab: »Nee, nee, lass gut sein. Ich hab's jetzt. Lass uns den Kaffee trinken, bevor er kalt wird.«

Ihre Großmutter schüttelt den Kopf: »Ich habe doch gerade was gesucht. Hm, vielleicht doch im Schreibtisch. Oder … wer sagt's denn. Hier ist es!« Und sie hebt triumphierend eine Ledermappe in die Höhe.

Helen gießt Kaffee in die Tassen und Johanna setzt sich wieder in ihren Lieblingssessel. Sie öffnet die Mappe und holt die alte, vergilbte Seite einer Tageszeitung heraus. Ein Artikel ist mit rotem Stift umrandet und daneben hat jemand ›WAZ, Sommer 2005‹ geschrieben.

»Du hebst eine 34 Jahre alte Zeitung auf?«, fragt Helen erstaunt, »wo es doch heißt, dass nichts so alt ist, wie eine Zeitung von gestern.«

»Ich weiß«, nickt Johanna, »aber in diesem Artikel hier haben sich Statistiker damals Gedanken um die Zukunft gemacht, genau gesagt bis zum Jahr 2040. Und ich weiß noch, wie ich damals beim Lesen dachte, dass es doch ganz interessant wäre, zu sehen, wie weit solche Prognosen der Realität entsprechen; falls ich es denn überhaupt erleben würde. Und siehe da, wir haben schon 2039 und ich lebe immer noch. Und die paar Monate bis zum nächsten Jahr werden die Welt wohl auch nicht mehr aus den Angeln heben. Hier, lies!«

In großen, schwarzen Buchstaben steht da als Überschrift:

›**Immer weniger, immer älter und immer öfter ganz allein.**‹

Etwas kleiner, die Zeile darunter:

›*Wie die NRW-Statistiker unser Bundesland im Jahr 2040 sehen.*‹

Und dann der eigentliche Artikel. Helen liest laut:

»»Düsseldorf – Wir in NRW werden weniger als heute sein. Die Älteren werden immer mehr und Kinder wird man seltener antreffen in diesem Land – wenn das Jahr 2040 angebrochen ist.

Diese Aussicht gibt das Statistische Landesamt, das sich mit dem demographischen Wandel und der Frage befasste: Wie sieht es mit der NRW-Gesellschaft 2040 aus?

Der Schrumpfungs- und Alterungsprozess der Bevölkerung sei unaufhaltsam, selbst wenn die

Geburtenraten wieder steigen sollten, berichten die Datenexperten. Lebt heute in jedem vierten NRW-Haushalt ein Kind, werde 2040 nur noch in jeder fünften Wohnung eines anzutreffen sein.

Der Prognose nach steigt die Zahl der Ein-Personen-Haushalte auf einen 40-Prozent-Anteil. Etwa 1,3 Millionen der Single-Haushalte werden aus Menschen bestehen, die mindestens 70 Jahre alt sind. Bereits heute leben 900 000 Senioren dieser Altersgruppe allein.

Die Zahl der arbeitsfähigen Bevölkerung – derzeit 8,4 Millionen Menschen – wird bis 2040 um bis zu 1,3 Millionen sinken. Zugleich steigt das Durchschnittsalter.

Die Zahl der 30- bis 49-Jährigen wird im Arbeitsleben schon in den nächsten 15 Jahren um 20 Prozent schrumpfen.«

Einen Moment ist es ganz still. Man hört deutlich eine Uhr ticken, da Johanna eines der wahrscheinlich letzten Exemplare mit mechanischem Uhrwerk besitzt.

Helen sieht langsam auf: »Sind Statistiker grundsätzlich Optimisten oder waren die hier die Ausnahme?«

Ihre Großmutter lacht laut auf: »Optimisten? Kind, bist du von allen guten Geistern verlassen? Wir hielten das damals für Schwarzmalerei. Wir dachten, so schlimm wird's schon nicht werden. Auch Leute wie ich, die für Familie und Kinder plädiert haben, dachten, das gibt sich wieder, das mit der gewollten Kinderlosigkeit. Das ist nur vorübergehend und dann werden die Menschen wieder vernünftig.«

Helen springt wütend auf: »Verdammt noch mal, wovon reden wir hier eigentlich? Von einer Modeerscheinung, einer Laune, von einem Gag? Wir reden doch vom Leben, vom Weiterleben, vom Leben-Weitergeben, vom eigentlichen Sinn des Lebens, oder?«

Die alte Frau ist erschrocken. Sie hat ihre Enkelin selten so impulsiv erlebt. Sie beobachtet erstaunt, wie Helen erregt auf und ab geht.

Dann setzt sie sich wieder und sieht ihre Großmutter ernst und eindringlich an: »Wie konntet ihr so etwas zulassen?«

Johannas Augen weiten sich und ihr Gesichtsausdruck geht von Erstaunen in Entsetzen über.

Helen hebt beschwichtigend die Hände: »Hey, Oma, so schlimm war die Frage ja auch wieder nicht.«

»Doch«, nickt Johanna, »ich kenne diese Frage. Wir haben sie früher auch gestellt, unseren Eltern, unseren Großeltern. Weißt du, nach dem 2. Weltkrieg, als nach und nach das ganze Grauen von Hitlers Naziregime ans Tageslicht kam, da haben wir fassungslos und ungläubig genau diese Frage gestellt: Wie konntet ihr so etwas zulassen? Aber dass mir einmal genau dieselbe Frage gestellt würde, damit habe ich nicht gerechnet.«

Wieder ist es ganz still und man hört nur dieses gleichmäßige Ticktack, Ticktack.

Helen nimmt einen Schluck aus ihrer Kaffeetasse und verzieht das Gesicht: »Schon kalt.«

Ihre Großmutter ist mit den Gedanken ganz woanders: »Es kommen immer viele Dinge zusammen, auch Kleinigkeiten, die die Welt verändern. Aber dafür, dass sich so viele Menschen so vehement gegen das Leben entschieden haben, sind meiner Meinung nach drei Schwerpunkte maßgebend. Zuallererst natürlich die Einführung der Antibabypille, die Anfang der sechziger Jahre des vorigen Jahrhunderts auf den Markt kam und ohne die diese konsequente Verhütung gar nicht möglich gewesen wäre. An zweiter Stelle sehe ich die Chancengleichheit bei der Bildung für jedermann, unabhängig von seiner sozialen Herkunft, die ungefähr zur gleichen Zeit auf den Weg gebracht wurde. Und drittens die Politik, und da vor allem diese Spaßpolitiker, die um die Jahrtausendwende in der Regierung saßen.«

Helen sieht in die Ferne und denkt laut nach: »Jaja, die Pille. Die Pille und die sexuelle Befreiung. Als angehende Ärztin habe ich da natürlich viel drüber gelesen. Vor der Pille hieß Sex unweigerlich Schwangerschaft. Durch die Pille war man in der glücklichen Lage, Geburten zu regeln. Regeln, nicht ausrotten! Da muss jemand etwas völlig falsch verstanden haben. Und das war sicher nicht im Sinne des Erfinders.«

»Und genau hier kommt der zweite Punkt ins Spiel«, hakt Johanna ein. »Jeder sollte die gleiche Chance bei der Schulausbildung, dem Studium und der Berufswahl haben, egal ob arm oder reich, ob Junge oder Mädchen und sogar ob klug oder dumm. Wobei das letzte Kriterium wieder so ein unbedachter Auswuchs war, der irgendwie bei jeder Neuerung mit anfällt. Aber das ist wieder eine andere Geschichte. In erster Linie ging es damals um intelligente Kinder aus sozial schwachen Familien, die durch den Wegfall von Schulgeld und durch die Lehrmittelbefreiung vermehrt das Gymnasium besuchen konnten. Und da Mädchen oft fleißiger und ehrgeiziger sind als Jungen, gab es mit der Zeit immer mehr gut ausgebildete Frauen. Und wenn diese Frauen dann bei ihrer Heirat vor der Wahl standen, ihren gut bezahlten Job zu behalten oder von nun an vom Geld des Ehemannes abhängig zu sein und sich ausschließlich um die künftige Familie zu kümmern, fiel wahrscheinlich den meisten ihre eigene Kindheit ein: ärmliche oder zumindest sehr bescheidene Verhältnisse, häufig Streit um das liebe Geld und Weltmeister im Verzichten. Und dann die Abhängigkeit vom männlichen Ernährer der Familie, vor allem, wenn dieser sich zu einem prügelnden, saufenden Kotzbrocken entwickelte. Aber auch bei einem netten Ehemann – abhängig bleibt abhängig. Wie würde da die Wahl wohl ausfallen?«

»Aber wieso«, wirft Helen ein, »wieso konnte die Frau nicht auch als Mutter arbeiten? Heute ist das doch gar nicht mehr voneinander zu trennen. Längst bevor das Neugeborene überhaupt da ist, erhält die Schwangere verschiedene Angebote für die Betreuung ihres Babys. Denn selbst wenn die wenigen Frauen, die in der Lage sind, Kinder zu bekommen, nicht mehr berufstätig sein könnten, würde doch alles zusammen brechen.«

Ihre Großmutter macht eine wegwerfende Handbewegung: »So weit waren wir damals noch lange nicht. Und jetzt kommt der dritte Punkt hinzu: die Politik. Damals war es üblich, berufstätige Mütter als Rabenmütter zu bezeichnen. Und das ganz offiziell, meist von Politikern der christlichen Parteien, die die Heile-Welt-Familie unbedingt bis ins nächste Jahrhundert retten wollten. Das war bequem und billig, so brauchte man sich nicht um ‚überflüssige‘ Betreuungsmöglichkeiten zu kümmern.

Denn so bis zu Beginn der achtziger Jahre gab es noch genug Arbeit und reichlich Leute, die sie verrichten wollten. Man konnte also gut auf Mütter als Arbeitskräfte verzichten. Warum also an der traditionellen Konzeption der Familie rütteln? Aber im Zuge der Emanzipation haben diese verfluchten Frauen einfach nicht mehr mitgespielt. Und jetzt fing das ganze Elend erst richtig an. Denn wenn du glaubst, dass diese neue Generation den anderen hätte zeigen wollen, wie man Beruf und Familie unter einen Hut bringt, dann bist du schief gewickelt. Sie rümpften die Nase über diese altbackenen Hausmütterchen, diese langweiligen Nur-Hausfrauen. Sollten die doch weiter für Nachwuchs sorgen, das würde schon reichen. Und sie selber machten Karriere, hatten Spaß und verzichteten ganz auf Kinder. Und die Politiker waren wieder fein raus: Wozu Plätze für Kinderbetreuung schaffen, wenn es kaum noch Kinder gab?«

Die Enkelin schüttelt verständnislos den Kopf: »Wie konnten so viele unterschiedliche Menschen gleichzeitig so dämlich sein?«

»Es kam noch schlimmer«, fährt Johanna fort. »Nach dem Nachkriegs-Wirtschaftswunder wuchs das Anspruchsdenken stetig an, bis es so ungefähr um die Jahrtausendwende, dem sogenannten Millennium, seinen Höhepunkt erreicht hatte. Die Regierung bestand damals aus einer rot-grünen Koalition, einem illustren, dekadenten Haufen. Rot stand für die Sozialdemokraten, die ja auch heute wieder regieren. Die Grünen, das war so eine kleine Umweltschutzpartei, die bereits seit gut zwanzig Jahren nicht mehr existiert. Diese Regierung gab ein Bild ab – grauenvoll. Das war ein glasklares Spiegelbild der damaligen Spaßgesellschaft. Es galt als chic, sich als schwul oder lesbisch zu outen. Und diejenigen, die einigermaßen normal gestrickt waren, verbrachten mal mit dem oder jenem Partner ein paar Lebensjahre. Kinder gingen denen total am Arsch vorbei.«

»Oma!«, ruft Helen mit gespieltem Entsetzen.

»Ist doch wahr«, regt sich Johanna auf. »Wozu Kinder? Das Leben geht auch so weiter. Ähnlich bescheuert wie: Wozu Kernkraftwerke? Der Strom kommt doch aus der Steckdose!«

Die Enkelin guckt ungläubig vor sich hin: »So idiotisch konnte man doch unmöglich sein.«

»Doch«, nickt ihre Großmutter, »konnte man, und war man auch. Idioten, soweit das Auge reichte. Alles wurde dem Motto ,Show' untergeordnet. Selbst der damalige Papst war mediengeil. Der hat allen Ernstes bis zu seinem letzten Atemzug in irgendein Mikrophon gestöhnt. Wi-der-lich!«

Helen schüttelt sich angeekelt: »Besser, wir wechseln das Thema. Mir wird langsam schlecht.«

Johanna lächelt amüsiert: »Vielleicht erinnerst du dich? D u wolltest wissen, warum wir da stehen, wo wir jetzt stehen.«

»Ja, ja, schon. Aber das hört sich alles an wie ... wie ... wie Sodom und Gomorrha. Wie konnte man da überhaupt leben?«

Die alte Frau runzelt die Stirn: »Tja, ich glaube, so im Nachhinein erzählt klingt das schlimmer als wir es damals empfunden haben. Weißt du, wir waren ja mittendrin. Es war unser Leben, die einzige Möglichkeit unseres Lebens. Man musste sich arrangieren, das Beste daraus machen. Genau wie unsere Eltern und Großeltern während des Krieges. Die sind auch oft genug gefragt worden, wie sie es fertig gebracht haben, sich während jenes Chaos zu verlieben, zu heiraten, Kinder zu bekommen, eben zu leben. Während des zweiten Weltkrieges zum Beispiel wurden eine Menge wirklich witziger Kinofilme gedreht. Kaum vorstellbar!«

Beide Frauen sind in Gedanken versunken.

Die Jüngere kehrt als erste in die Wirklichkeit zurück: »Na ja, wie dem auch sei, dir brauch ich wahrscheinlich keine Vorwürfe zu machen. Denn wie du vorhin diese rot-grünen Politiker beschrieben hast, wirst du die ja wohl keinesfalls gewählt haben.«

Johanna sieht irritiert auf: »Äh ...« Helen kneift die Augen zusammen: »Wieso guckst du so komisch, Oma? Und dieses Äh, was soll das bedeuten? Oma? Das glaub ich doch jetzt nicht. Sag jetzt sofort, dass das nicht wahr ist!«

Ihre Großmutter hebt hilflos die Arme: »Ich weiß, das ist schwer zu erklären. Aber ... da war doch dieser Kanzler.«

»Dieser Kanzler? Hatte der auch einen Namen?«

»Sicher: Schröder. Gerhard Schröder.«

Helen schließt die Augen und denkt nach: »Schröder, Schröder. Ja, es dämmert langsam. In meinem Schulgeschichtsbuch stand: Gerhard Schröder, der Friedenskanzler.«

»Genau«, strahlt Johanna, »vor ungefähr fünfunddreißig Jahren haben die Amerikaner unter fadenscheinigen Anschuldigungen einen Krieg gegen den Irak angezettelt. Und die Engländer sind als kleiner, treuer Bruder sofort hinterher gedackelt. Und Schröder? Der hat sich davon überhaupt nicht beeindrucken lassen. Er hat diese beiden verlogenen, kriegslüsternen Doppel-Bs einfach links liegen lassen. Das war toll!«

Ihre Enkeltochter versteht nicht ganz: »Moment, Oma, ich kann nicht ganz folgen. Doppel-Bs? Von Doppel-Bs habe ich im Geschichtsbuch nichts gelesen.«

Johanna muss laut lachen: »Das glaub ich gerne. So nannten wir den blöden Bush und den blöden Blair. Das funktionierte sogar international, da hießen sie dann bloody Bush und bloody Blair. Aber noch mal zu unserem Anti-Kriegs-Kanzler. Wir haben ihm nicht nur zu verdanken, dass keiner unserer jungen Männer als Soldat im Irak sein Leben lassen musste. Wir sind auch von den Nachwehen eines solchen Krieges verschont geblieben. Nach Ende jenes Krieges sind furchtbare Dinge ans Tageslicht gekommen: brutale und demütigende Übergriffe, wofür vor allem die Amerikaner, aber auch ihre befreundeten Mitstreiter verantwortlich waren. Und wir? Wir waren fein raus. Wir brauchten keine Angst vor irgendwelchen Enthüllungen zu haben. Wo man nicht mitmischt, kann man nichts anrichten. Und in den Folgejahren, in denen immer wieder terroristische Anschläge von Fanatikern aus Rache über die Einmischung im Irak verübt wurden, und zwar auf exakt alle Länder, die den Amerikanern ihre Soldaten an den Hals geworfen haben, um sich bei ihnen einzuschleimen, wurde Deutschland immer ausgespart. Ist das nicht wunderbar? Ich denke, dafür kann man gar nicht dankbar genug sein.«

Die junge Frau ist nachdenklich: »Natürlich war das toll, das stimmt schon. Nur … du musst ihn doch vorher gewählt haben, oder? Bevor er überhaupt der Friedenskanzler sein konnte.«

»Herr Gott, Helen, musst du immer so kleinlich sein? Ja, ich habe ihn vorher gewählt. Er war einfach das kleinere Übel. Den Vorturner der Christdemokraten, so ein größenwahnsinniger Fettsack, den konnte man unter gar keinen Umständen wählen, jedenfalls nicht, wenn man ganz bei Sinnen war. Der hat allen Ernstes geglaubt, er stände über dem Rest der Welt, und das sechzehn Jahre lang. Und als er dann endlich in der Versenkung verschwand, waren die meisten seiner Parteigenossen, die diesen selbstgefälligen Typen jahrelang unterstützt hatten, immer noch präsent. Also blieben einem nur die Roten. Im Übrigen wäre dieser Fettsack ohne zu zögern Arm in Arm mit den beiden Doppel-Bs in den Krieg gezogen. Mit einem fröhlichen Lied auf den Lippen, wie die drei von der Tankstelle:

›Ein Freund, ein guter Freund, das ist das Schönste, was es gibt auf der Welt.‹«

Helen lacht: »Gibt's das Lied wirklich?«

»Glaubst du, ich könnte mir so was ausdenken? Das ist aus einem Film mit Heinz Rühmann.«

Helen antwortet mit einem Achselzucken: »Muss ich den kennen?«

Ihre Großmutter schüttelt den Kopf: »Natürlich nicht. Ich vergesse immer, dass du erst 2014 geboren wurdest. Und der Typ war schon alt, als ich jung war. Aber noch mal zurück zu jenem total überflüssigen Irak-Krieg. Als danach in Deutschland die nächste Wahl anstand, ist doch tatsächlich ein Politiker der Christdemokraten, der damals im Rollstuhl saß, in die USA gereist, um sich bei

Herrn Bush, der bewiesenermaßen die ganze Welt über die Gründe eines berechtigten Irak-Überfalls belogen hatte, einzuschleimen. So tief muss man erst mal sinken, um einem Mann in den Hintern zu kriechen, der, wäre er nicht zufällig Präsident der Vereinigten Staaten geworden, im Alkohol und seiner Mittelmäßigkeit versackt wäre. Von da an hießen die Schwarzen hinter vorgehaltener Hand nur noch APD = Arschkriecher-Partei Deutschland. Und diejenigen, die noch ein klein wenig Mitleid aufbrachten, gönnten ihnen als kleinen Trost das C davor: CAPD = Christliche Arschkriecher-Partei Deutschland.«

Beide Frauen amüsieren sich königlich.

Die jüngere sieht ihre Großmutter bewundernd an: »Was du noch alles weißt. Dein Gedächtnis möchte ich haben.«

Johanna grinst: »Tja, an früher kann ich mich wirklich gut erinnern. Aber frag mich nicht, was ich gestern zu Mittag gegessen habe. Apropos Essen. Inzwischen ist es schon fast sieben. Sollen wir uns nicht was zurechtmachen?«

Helen schüttelt den Kopf: »Ich habe eigentlich keinen Hunger.«

»Hm, so richtigen Hunger hab ich auch nicht, aber ich muss abends noch Medikamente nehmen; da ist es dann schon besser, noch was gegessen zu haben. Früher habe ich mich darüber gewundert, dass die Pillen so schön bunt sind. Inzwischen bin ich dafür wirklich dankbar. Denn diese vielen schwierigen Namen, und dann welches Präparat wann, wogegen oder wofür zu nehmen ist, das hält ja keiner aus! Aber: morgens grün, mittags gelb und abends rot und blau, das schaff ich noch. So viel zu meinem Gedächtnis. Komm, lass uns in die Küche gehen.«

Helen zeigt auf den alten Zeitungsausschnitt und die Ledermappe: »Soll ich das wieder wegpacken?«

»Ja, am besten wieder in den Tallboy. Ich glaube, das war in der dritten Schublade von unten.«

»Oder in der obersten Schublade der unteren Kommode, richtig?«

Johanna freut sich: »Ich habe doch gewusst, dass du die Richtige für dieses Teil bist.«

Sie verschwindet in der Küche und man hört sie mit Geschirr hantieren. Als Helen kurz danach am Küchentisch erscheint, ist schon alles fertig gedeckt.

»Hmm, riecht gut. Schinken, Käse, Leberwurst. Aber sieht nicht gerade fettarm aus. Wäre es nicht gesünder, du kauftest diese kleinen, abgepackten Portionen mit den aufgedruckten Inhaltstoffen, Kalorien et cetera?«

Ihre Großmutter verzieht das Gesicht: »Kind, sieh mich an. Ich bin fast neunzig Jahre alt und für so ein altes Gerät doch relativ fit, oder? Wozu also mein Leben jetzt noch ändern? Das würde mich doch glatt aus der Bahn werfen.«

Helen gibt sich geschlagen und setzt sich vis-a-vis ihrer Großmutter.

Johanna lächelt aufmunternd: »Na los, schmier dir ein Bütterchen; der Appetit kommt beim Essen. – Du kennst doch meine drei Freundinnen. Und als du gerade von gesunder Kost geredet hast, fiel mir sofort Elvira ein. Die hat immer großen Wert auf gesunde Lebenshaltung gelegt. Immer kalorienbewusst, kein Gramm Fett zuviel. Immer musste alles teuer und edel sein, nach neuesten wissenschaftlichen Erkenntnissen. Sie konnte sich das erlauben. Sie war so eine kinderlose Karrierefrau, von denen wir vorhin gesprochen haben. Aus einfachen Verhältnissen, aber intelligent und äußerst ehrgeizig, traf sie auf ihr direktes männliches Ebenbild: Robert. Elvira und Robert, d a s moderne Vorzeige-Ehepaar. Karrieregeil, konsumorientiert und natürlich kinderlos. Kinder waren eine überflüssige Last, ein Bremsklotz auf dem Weg zum Wohlstand. Da sollten sich andere, dümmere mit plagen. Oder auch nicht, das war den beiden völlig egal. Ihr Blick ging nie über den Tellerrand hinaus, immer nur bis zum nächsten Kontoauszug. Neben ihrer Arbeit kreisten ihre Gedanken um neue Autos, komfortable Wohnungen und Urlaubsreisen: Wo sind wir noch nicht gewesen? Armselig! Andererseits – ich will auch nicht verhehlen, dass wir damals ein klitzekleines bisschen neidisch auf diesen ganzen Wohlstand waren, Margot, Hetty und ich. Natürlich nur, bis wir unsere Kinder hatten; ich Lennard, deinen Vater, und Margot ihre Tochter Rosemarie.«

»Und Hetty?«, fragt Helen kauend, »wollte die auch keine Kinder?«

»Doch, nichts sehnlicher als das, aber es sollte nicht sein. Sie hatte mehrere Fehlgeburten, hat einige Hormonbehandlungen über sich ergehen lassen (›Lieber Drillinge als gar kein Kind!‹) und sich zu guter letzt für eine In-vitro-Fertilisation entschieden. Als auch das nicht half, war sie jahrelang todunglücklich. Herbert, ihr Mann, übrigens auch. Aber sie sind zusammen geblieben, bis Herbert vor einigen Jahren starb. Hetty hat ihre Kinderlosigkeit nie wirklich verwunden. Sie fühlte sich betrogen. Sie hat mir mal gesagt, dass sie bis jetzt, bis ins hohe Alter, das untrügliche Gefühl hat, dass ihr nur ein halbes Leben vergönnt war. Das Bewegendste, Größte, was einem das Leben zu bieten hat, hat sie verpasst. Und das unwiderruflich. Das tut mir so leid. Sie wäre eine tolle Mutter gewesen. Sie hatte so etwas Starkes, Warmherziges, Liebevolles an sich. Dein Vater und Margots Tochter Rosi mochten sie unglaublich gern, obwohl die Geschenke von Elvira immer zehnmal so groß und teuer waren.«

Helen kaut immer noch: »Ich mag Hetty von euch vieren auch am liebsten.«

Johanna fällt das Messer aus der Hand: »Hey, ich bin deine Oma!«

Ihre Enkelin grinst sie mit vollem Mund an: »Na gut, aber dann kommt sie direkt nach dir. – Übrigens, was ich überhaupt nicht verstehe: Wie passt Elvira eigentlich in euer Kleeblatt? Wieso habt ihr über so viele Jahre hinweg Kontakt mit ihr gehalten?«

»Na ja, wir kennen uns von Kindesbeinen an. Und Kindheitserinnerungen, die schweißen irgendwie zusammen. Außerdem kam das Kontakthalten vor allem von Elviras Seite. Robert, gegen den ausdrücklichen Willen seiner Ehefrau ein starker Raucher, starb schon vor vielen Jahren an Lungenkrebs. Und da sie kinderlos waren, keine Geschwister hatten und sich die ältere Generation wie Eltern etc. längst die Radieschen von unten ansahen, war Elvira plötzlich mutterseelenallein. Und da waren wir dann halt ihre Familie. Um im Alter standesgemäß gepflegt zu werden, hat sie sich gleich nach Roberts Tod in so ein teures Seniorenstift eingekauft. Du weißt schon, von denen es mittlerweile viele gibt. Nur die Leitung ist noch deutsch, die Pflege wird ausschließlich von Asiatinnen übernommen. Die sind willig, freundlich, zurückhaltend und legen von Natur aus Wert auf Harmonie und Gesundheit von Geist und Körper. Und vor allen Dingen: es gibt sie in rauen Mengen. Elvira ist inzwischen auf alles allergisch, was mit Reis und Schlitzaugen zu tun hat.«

Helen nimmt einen Schluck aus ihrer Tasse: »Ja, und außerdem sind die Asiatinnen im Gegensatz zu uns gebärfähig. Auf unserer Station ist das deutlich zu sehen. Männer, die großen Wert auf Fortpflanzung legen und von ihrer eigentlichen Wahlpartnerin erfahren müssen, dass es mit ihr keinen leiblichen Nachwuchs geben kann, greifen immer öfter auf sie zurück. Und die Eigenschaften, die du vorhin in bezug auf die Pflege aufgezählt hast, kommen auch in einer Ehe gut zur Geltung. Ungefähr die Hälfte aller Neugeborenen ist mittlerweile bei uns vom Typ her dunkel. Zwar unglaublich süß, aber für eine Entbindungsstation in einem deutschen Krankenhaus ziemlich exotisch. Aus genau dem Grund ist dieses Baby von heute Morgen so etwas Besonderes, verstehst du? Darum dieser Rummel. Und weil die Eltern so glücklich und stolz sind, wird die Geburtsanzeige für die Zeitung sogar mit Bild ausstaffiert. Ich würde mir das gut überlegen. Auch so werden schon genügend Babys geklaut, da muss man die Leute nicht noch anlocken. Auf unserer Neugeborenenstation ist rund um die Uhr ein Wachdienst beschäftigt. Es soll inzwischen Spezialisten geben, die Babys auf Bestellung entführen. Sogar Wünsche werden berücksichtigt – ob

Junge oder Mädchen, ob hell- oder dunkelhaarig. Wobei die blonden Kinder ganz hoch im Kurs stehen. Es gilt wie bei allem: Angebot und Nachfrage bestimmen den Preis.«

Johanna schüttelt ungläubig den Kopf und nimmt nach dem Verzehr ihres halben Butterbrotes mit einem Schluck Wasser ihre rote Tablette ein: »Zu Anfang des neuen Jahrtausends war viel von Asien und da speziell von China als kommender Wirtschaftsmacht die Rede. Aber dass sie uns auch beim Erhalt unserer Bevölkerung behilflich sein würden, damit hat damals niemand gerechnet.«

»Ich frage mich langsam, womit ihr überhaupt gerechnet habt«, antwortet Helen gereizt. »Nehmen wir Elvira als Beispiel. Konntet ihr diesem Luxusweibchen denn nicht klar machen, dass ihr purer Egoismus zu Lasten der Zukunft aller geht? Ihr wart doch drei vernünftige Frauen.«

Ihre Großmutter starrt auf ihr halbes verbliebenes Bütterchen: »Von heute aus gesehen war es auf jeden Fall falsch, so zu tun, als ginge einen das nichts an. Aber damals … Wenn man sich für Kinder und Familie entschied, galt man als hoffnungslos altmodisch, als hinterwäldlerisch, auch wenn man nebenher berufstätig war, wie ich zum Beispiel. Die meisten wollten vor allem cool sein, cool und modern. Und natürlich tolerant: Kann doch jeder mit seinem Leben machen, was er will! Vor lauter Anspruchsdenken hatte man den Blick für die selbstverständlichsten Zusammenhänge verloren. Ich meine, wenn jeder nur für sich selbst lebt, wozu dann das Ganze? – Gegen Ende des vorigen Jahrhunderts, als man den katastrophalen Geburtenrückgang nicht mehr einfach ignorieren konnte, hat man ganz behutsam bei der einen oder anderen mal nach dem Grund ihrer Kinderlosigkeit gefragt. Da kam es zu ganz merkwürdigen, vage formulierten Antworten: Nein, man hatte sich nicht wirklich gegen ein Kind entschieden, es hatte wohl einfach nicht sein sollen. Nein, man hatte nichts gegen eine Schwangerschaft, es war nur nie passiert. Oder es war nie der richtige Zeitpunkt gewesen. Oder der Partner wollte gerade nicht. Bla, bla, bla. Dass es sich irgendwie gar nicht gut anhört, zuzugeben, wenn man auf Nachwuchs pfeift, das war sogar dem verblödetsten Kinderverweigerer klar. Mit den millionenfach verkauften Antibabypillen war das überhaupt nicht in Einklang zu bringen. Aber wer achtet schon auf solche Nebensächlichkeiten, wenn es um die Toleranz einer ganzen Nation geht!

Im ersten Jahrzehnt dieses Jahrhunderts kam man plötzlich durch das stetig wachsende Ausmaß an Kinderschwund an dem Thema gar nicht mehr vorbei. In den Medien, in Talkshows wurde darüber diskutiert. Da saßen dann diese gepflegten, gebildeten Karrierefrauen mittleren Alters und redeten frisch und fröhlich drauf los: Ja, natürlich brauchen wir wieder mehr Kinder. Die Frauen müssen unbedingt wieder für das Bevölkerungswachstum sorgen. Wer soll in Zukunft die Renten bezahlen? Wer soll uns im Alter pflegen? Ja, genau, es geht nur mit genügend Nachwuchs, Nachwuchs, Nachwuchs ... Man fragte sich dann, wen die eigentlich mit ‚die Frauen‘ meinten. Keine von denen hatte selber Kinder. Die schlossen sich wie selbstverständlich aus, so als müsse man eine neue Spezies erfinden. Eine Art

Gebärmaschine, die dann alles richten würde. Das war schon fast mysteriös.«

Helen sieht ihre Großmutter mit großen Augen ernst an, dann sprudelt es aus ihr heraus: »Diese scheißscheinheiligen, total verblödeten, rumlabernden, eiskalten, verlogenen, werteverachtenden, die Zukunft versauenden, karriere- und geldgeilen Egoistenschweine!« Sie legt erschrocken eine Hand auf den Mund.

Johanna wollte gerade in ihr Butterbrot beißen. Sie legt es wieder auf den Teller und fragt überrascht: »Kannst du das noch mal wiederholen?«

»Äh …, ich denke nicht. Was hab' ich denn gesagt?«

Die alte Frau grinst übers ganze Gesicht: »Ich glaube nicht, dass ich das noch mal zusammenkriege. Aber es hörte sich exakt nach der korrekten Beschreibung der damaligen Frauengeneration an.«

Danach essen beide Frauen schweigend zu Ende, trinken ihren Tee aus und Johanna nimmt für diesen Tag ihre letzte, die blaue Pille zu sich.

Helen bricht als erste das Schweigen: »Weißt du, Oma, ich würde genauso empfinden wie Hetty, wenn ich kein Kind bekäme. Ich empfände auch mein Leben als nicht vollständig. Ich bin gerne Ärztin und ich möchte auf jeden Fall berufstätig bleiben. Trotzdem will ich eine eigene Familie haben. Ich will unbedingt spüren, wie das ist, wenn sich neues Leben bildet. Ich will fühlen, wie sich mein Körper verändert. Es kann doch nicht sein, dass mir jede kalbende Kuh und jede werfende Sau etwas voraus hat und ich weiß alles nur theoretisch. Es würde mir doch auch nicht reichen, nur theoretisch verliebt zu sein oder theoretisch Sex zu haben. Mein alter Professor, der vor einigen Monaten in Pension gegangen ist, hat mal zu mir gesagt: ›Nirgendwo sonst ist die Kluft zwischen Theorie und Praxis so eklatant wie beim Sich-Vermehren. Ich habe als Gynäkologe jahrelange Erfahrung und ich bin wirklich gut in meinem Job. Ich kann jedem Idioten die schwierigsten Zusammenhänge beim Entstehen neuen Lebens biologisch erklären. Aber treffe ich auf eine Schwangere, selbst wenn sie von schlichtestem Gemüt ist, ist sie mir sofort um Längen voraus. Alles, was ich mühsam erkläre, das fühlt sie einfach so, weil sie es erlebt. Das kann schon neidisch machen.‹ Ich bitte dich, Oma, wenn das sogar ein Mann so empfindet, wie verkrustet müssen dann die damaligen, weiblichen Kindergegner gewesen sein?«

Sie nimmt die Hand ihrer Großmutter und sieht ihr fest in die Augen: »Wenn ich ein Kind hinterlasse, dann muss es mich gegeben haben, verstehst du? Das ist mir wichtig. Ich möchte nicht mutwillig unsere Lebenskette zerstören. Ich will nicht darin das letzte Glied sein und einfach nur ein Loch zurück lassen. Ich will etwas von mir aufwachsen sehen und dafür die Verantwortung tragen.«

Johanna blickt forschend in das Gesicht ihrer Enkeltochter. Hat sie nicht sogar Tränen in den Augen? Aber wieso? Was ist heute so besonders? Und da fällt ihr etwas ein: »Sag mal, Helen, hast du eigentlich schon diese Untersuchung hinter dich gebracht?«

»Welche Untersuchung? Ich weiß nicht, was du meinst.«

»Welche Untersuchung! Wovon reden wir hier eigentlich? Natürlich die, die bestätigen soll, dass du gebärfähig bist.«

Die junge Frau macht eine unbestimmte Handbewegung: »Ach die. Nee, das hat ja auch noch Zeit.«

»Wieso schiebst du das vor dir her? Du bist doch täglich in der Klinik, da ist das doch für dich eine Kleinigkeit.«

Helen meint hitzig: »Stammt nicht von dir der Ausspruch: ,Gerade die Kinder des Schusters laufen mit kaputten Schuhen'? Bei der täglichen Arbeit denke ich weniger an mich selber. Und überhaupt ist das doch 'ne total bescheuerte Idee! Bevor ein Paar heiratet, muss die Frau beweisen, dass sie ein Kind austragen kann. Kann sie das, ist alles in Butter. Kann sie nicht, hat der Mann noch die Wahl: entweder er heiratet sie trotzdem, wahrscheinlich aus Mitleid, oder er darf weiter suchen. Fest steht, ich würde auf keinen Fall wollen, dass Steffen mich aus Mitleid heiratet.«

Johanna lächelt beruhigend: »Es gibt noch eine dritte Möglichkeit. Der Mann heiratet sie trotzdem, aber nicht aus Mitleid, sondern aus Liebe. Wie findest du das?«

»Realitätsfremd. Liebe ist nur ein momentanes Gefühl. Ist es verflogen, wird er diese Entscheidung auf ewig bereuen und seinen Fehler ihr anlasten; jedenfalls, wenn er doch Wert auf eine Familie legt.«

Johanna legt ihre Hand auf den Arm der Enkelin: »Du musst dir keine Sorgen machen, Helen. Ich wette, dass bei dir alles in Ordnung ist. Wir pflegen seit langem die Tradition der klassischen Ein-Kind-Familie. Dein Großvater und ich waren schon Einzelkinder. Und auch wir haben trotz vieler Bemühungen nur einen Sohn zustande gebracht, eben Lennard, deinen Vater. Und Lennard traf glücklicherweise auf deine Mutter, ebenfalls ein Einzelkind, die dann dich zur Welt brachte. Und auch du wirst wenigstens ein Mal erfahren, wie das ist, Leben zu schenken. Für ein kleines, hilfloses Wesen die wichtigste Person, d i e lebenswichtige Person zu sein.«

Helen sieht mit skeptischem Blick an Johanna vorbei.

Diese schwelgt in Erinnerungen: »Ich kann das gefühlsmäßig bestens beurteilen, den Unterschied zwischen einem Ehepaar-Dasein und dem einer Familie. Wir waren zu Beginn unserer Ehe mehrere Jahre kinderlos geblieben, bevor uns dann endlich dein Vater zu einer Familie machte. Zwar nur zu einer kleinen, einer Mini-Familie, aber eben zu einer Familie, was eine unglaublich große Veränderung bedeutet. Als Ehepaar ist man nur auf sich selber fixiert. Man vervollständigt seinen Haushalt, stellt die Möbel um, schmiedet Urlaubspläne und inszeniert seinen Tagesablauf. Und dann sind da plötzlich ein paar Pfund Leben mehr, die alles über den Haufen werfen. Das ist wunderbar. Und völlig neu. Und aufregend. Man bekommt Abstand zu sich selber und wird täglich mit Dingen konfrontiert, die man so gar nicht geplant hat. Das ist spannend, wenn auch nicht immer erfreulich. Uns ist zum Beispiel mal eine traumhafte Reise nach Venedig durch die Lappen gegangen, weil Lennard ganz plötzlich krank wurde. Er muss so fünf oder sechs Jahre alt gewesen sein. Dein Großvater hatte uns damals mit der Idee überrascht, nach Venedig zu fliegen und für einige Tage in einem traditionsreichen Hotel, in dem schon Dichter und Denker logiert hatten, in purem Luxus zu schwelgen. Es war alles geregelt, die Koffer waren gepackt, als Lennard ganz plötzlich hohes Fieber und

Schluckbeschwerden bekam. Und statt zum Flughafen sind wir noch in der Nacht ins Krankenhaus gefahren. Das arme Kind hatte eine schlimme Halsentzündung und bekam zum ersten Mal in seinem Leben Penicillin verabreicht. Da man nicht wusste, wie er das und ob er das überhaupt verträgt, meinten die Ärzte, er wäre zu Hause in seinem eigenen Bett am besten aufgehoben. Also fuhren wir heim, packten das fiebernde Kind ins Bett und die Koffer wieder aus. Nach drei Tagen sprang dein Vater schon wieder über Tische und Bänke und wir nahmen uns fest vor, diese Reise irgendwann nachzuholen. Aber dazu ist es nie gekommen. – Egal. – Was ist Venedig gegen einen Sohn!«

Helen lächelt verträumt vor sich hin: »Familie«, sagt sie leise, »wie melodisch das klingt.«

Johanna nickt: »Ja, das ist wahr. Da fällt mir wieder Herr Schröder ein. Du weißt schon, dieser Kanzler. Nach mehreren gescheiterten Ehen war er damals auf dem besten Wege als arrogantes Arschloch zu enden wie die meisten in seiner Riege. Aber bei seinem letzten Versuch hatte er das große Glück, an eine kluge Frau zu geraten. Eine Frau, die genau wusste, was Leben bedeutet. Sie war hübsch, gebildet, um einiges jünger als er, und vor allem – sie brachte ein Kind mit. Als allein erziehende Mutter wusste sie, wovon sie sprach, wenn es um Kindererziehung und Berufstätigkeit ging. Zu ihrer leiblichen Tochter adoptierte sie als Kanzlergattin mit ihrem Mann zusammen noch ein Kind. Und so bastelte sie ihm zusätzlich mit Hund, Katze, Maus eine richtige Familie. Anscheinend hatte ihm genau das bis dahin gefehlt, denn mit einem Mal wurde Herr Schröder sympathisch, sympathischer, am sympathischsten. Und wer weiß, ob er als Friedenskanzler bekannt geworden wäre, wenn er nicht zu guter Letzt begriffen hätte, worum es im Leben wirklich geht.«

Helens Augen leuchten: »Wenn schon eine gebastelte Familie einen Menschen so verändern kann, dann braucht man sich ja über die Mutation eines schwangeren Pärchens gar nicht mehr zu wundern. Trotzdem passiert mir genau das in der Klinik immer wieder. Und da fallen vor allem die werdenden Väter auf. Die werdenden Mütter sind natürlich durch die unmittelbar körperliche Betroffenheit im Vorteil. Die meisten haben eine Beziehung zu ihrem Kind, lange bevor sie es im Arm halten. Aber diese Väter! Zwar stolz und liebevoll, aber cool bis zum Schluss. Und gerade den coolsten unter ihnen laufen die dicksten Tränen übers Gesicht, wenn sie unmittelbar nach der Geburt ihr Kind zum ersten Mal sehen und anfassen können. Sie geraten in Verzückung darüber, wie klein Hände und Füße ihres Babys sind und können es nicht abwarten, bis das Neugeborene endlich die Augen öffnet und seine Augenfarbe preisgibt. Diese überschwängliche Liebe und das alles übertreffende Glücksgefühl der frisch gebackenen Eltern erfüllt dann den ganzen Raum und lässt keinen der Anwesenden außen vor. Ehrlich Oma, jeder, der das nicht wenigstens einmal am eigenen Leib erfährt, ist ein armes Schwein.«

Johanna beobachtet ihre Enkelin irritiert aus den Augenwinkeln. Hat ihr Gesichtsausdruck nicht im Moment etwas Verzweifeltes? Was ist nur heute mit ihr los? Wenn es zum Glück nicht an ihrer Untersuchung liegt, dann hat sie vielleicht Ärger in der Klinik. Oder Probleme mit Steffen; und zwar solche, die man nicht unbedingt mit seiner Oma bespricht. Laut sagt sie: »Komm, Helen, wir räumen den Tisch ab und setzen uns wieder ins Wohnzimmer, das ist gemütlicher. Ich habe auch von den Sahnetrüffeln da, die du so gern magst.«

Die junge Frau steht geistesabwesend auf und beide bringen gemeinsam die Küche in Ordnung.

Die ältere fragt beiläufig: »Und, was macht Steffen? Wann wird geheiratet?«

»Das eilt doch nicht. Jetzt fang bloß nicht an zu drängeln.«

»Das hättet ihr vor der Pille zu Zeiten unserer Eltern und Großeltern auch anders gesehen. Da galt die Devise: Erst wird getraut, dann gesaut! Außerdem sitzt mir mein Alter im Nacken. Und bevor ich endgültig in die Gruft steige noch mal auf einer Hochzeit zum Tanz mein Holzbein schwingen zu dürfen, das wäre doch was. Bestimmt sehen das Elvira, Margot und Hetty genauso. Oder werden wir etwa gar nicht eingeladen?«

Helen grinst: »Ich denke schon. Ein vierblättriges Kleeblatt aus alten Schachteln auf einer Hochzeit soll angeblich Glück bringen. Oder ist das jetzt zu rückständig?«

Johanna kräuselt die Stirn: »Rückständig? Bei dem Wort klingelt es in meinem Kopf.« Sie schließt die Augen und denkt angestrengt nach: »Ich hab's! Da gab es mal einen Disput zwischen so einer Emanzenjournalistin und Frau Schröder, der Ehefrau des damaligen Kanzlers. Es ging dabei um die Kanzlerkandidatin der CAPD, eine machthungrige Frau mittleren Alters, natürlich kinderlos. Genau das wurde von Frau Schröder damals kritisiert, und da vor allem, dass diese Rivalin ihres Mannes um das Kanzleramt als ehemalige Frauenministerin absolut nichts für die Vereinbarkeit von Familie und Beruf getan hatte, da für Kinderlose anscheinend der Begriff Kinderbetreuung gar nicht existierte. Daraufhin wurde ihr von eben jener Emanze – ich habe den Namen vergessen – ein rückständiges Frauenbild vorgeworfen. Sie fand, es sei unerhört, dass die Kanzlergattin es gewagt hatte, die erste Kanzlerkandidatin Deutschlands anzugreifen, weil sie ohne Kinder war. Außerdem hätte sie damit zugleich Millionen weiterer kinderloser Frauen, unter anderem auch sie selber, beleidigt und somit ein Frauenbild aus dem 19. Jahrhundert propagiert, in dem die Frauen im trauten Heim die Familie zusammen hielten und die Männer in die Welt hinaus zogen. – Ja, so ungefähr war der Wortlaut.«

Helen starrt ihre Großmutter fassungslos an. Sie schnappt nach Luft wie ein Karpfen: »Und so was durfte man damals öffentlich von sich geben, ohne dafür gehängt zu werden? Schauen wir uns doch mal an, was diese Frau exakt gesagt hat: Kinder zu bekommen ist rückständig, und kinderlos Karriere zu machen bedeutet Fortschritt. Ich kann das kaum glauben. Wie lange kann ein Fortschritt ohne Nachwuchs denn andauern? Wie gehirnamputiert war diese Generation eigentlich? Was soll daran fortschrittlich sein, die Fähigkeit zum Kinderkriegen nutzlos verdorren zu lassen und sein Geschlecht zu verleugnen? Und, ist ihnen stattdessen bei ihrem starren Blick auf die Karriere ein Schwanz gewachsen? Doch sicher nicht. Also blieben sie ohnehin Männer zweiter Klasse. Was soll an solch einem Ziel erstrebenswert sein, sein Leben als zweitklassiger Mann zu fristen, wenn ich es als erstklassige Frau, eben mit Beruf und Kind, verbringen kann?«

Johanna ist nachdenklich: »In gewisser Weise muss man die Reaktion der weiblichen Fortschrittler verstehen. Viele von denen waren inzwischen in einem Alter, in dem man an seiner Situation eh nichts mehr ändern konnte. Der Zug zum Kinderkriegen war längst abgefahren, die Chance war vertan. Und so hätten sie jetzt ihr ganzes Leben infrage stellen müssen. Wer will das schon? – Und darum glaube ich, dass Neid die Ursache für den Angriff auf die Kanzlergattin war. Denn Rückständigkeit konnte man ihr als allein erziehender, berufstätiger Mutter nun wirklich nicht vorwerfen. Aber als echte Emanze betete man halt bei jeder sich bietenden Gelegenheit sein intellektuelles Geschwafel herunter, egal, ob es nun gerade passte oder nicht. Und ehrlich gesagt habe ich mich früher, wenn es um die Gleichberechtigung von Mann und Frau ging, auch davon beeindrucken lassen. Erst nach jenem Zeitungsartikel war mir klar, wie dumm diese Journalistin, stellvertretend für ihre Gesinnungsgenossinnen, in Wirklichkeit war.«

»Und wir müssen es jetzt ausbaden«, entgegnet Helen bitter. »Wir würden gern Beruf und Familie unter einen Hut bringen, und auch an Kinderbetreuungsmöglichkeiten gibt es keinen Mangel. Aber wie kommen wir jetzt an die dazu gehörigen Kinder? – Ich wünsche diesen schwanzlosen Möchtegern-Männern die Pest an den Hals!«

Ihre Großmutter winkt ab: »Zu spät! Die meisten sind inzwischen längst vermodert. Die mit Geld wurden in teuren Seniorenheimen von den harmonischen Asiatinnen stilvoll zu Tode gepflegt. Die armen Schlucker sind in ihren eigenen vier Wänden anonym verrottet. Eines hatten beide Gruppen gemein – sie waren einsam. Und«, sie zwinkert ihrer Enkelin verschmitzt zu, »sie hatten niemanden, dem sie ein Möbelstück mit vielen Schubladen hinterlassen konnten. – Übrigens ist Herr Schröder, du weißt schon, dieser Kanzler, erst vor kurzem gestorben, und zwar im Kreise seiner Familie. Das hat mich für ihn gefreut.«

»Was ich nicht verstehe, Oma: Warum ist seine Frau damals nicht auf die Barrikaden gegangen, als man ihr inhaltlich völlig falsche Dinge vorwarf? Wenn Frau Schröder Kinderbetreuung für berufstätige Mütter einforderte, wie konnte man ihr dann allen Ernstes ein rückständiges Weltbild andichten? Das war doch ganz offensichtlich völliger Schwachsinn. Dagegen musste man sich doch wehren!«

»Tja, Helen, das ist wieder eine andere Geschichte. Die Kanzlerwahl stand unmittelbar bevor und auch kinderlose Idioten haben eine Stimme. Sie wollte ihrem Mann natürlich nicht schaden. Dass sie sich überhaupt zu Wort gemeldet hatte, war schon phänomenal. – Sag bloß, ich hab dir noch nie diesen uralten Wählerwitz erzählt? Also, pass auf: Vor einer anstehenden Wahl war die Regierung nicht sicher, ob der Abstand zur Opposition zum Sieg reichen würde. Also wurden Kundschafter ausgesandt, um nach Gruppierungen Ausschau zu halten, die man eventuell noch für sich gewinnen konnte. Die Zeit drängte, und als man sich wieder traf, war man sehr gespannt, ob die Ausgesandten fündig geworden waren. Und tatsächlich; sie waren auf zwei ungefähr gleich große Gruppen gestoßen, die sich noch unent-schlossen zeigten. Die eine war die Interessengemein-schaft der Kleintierzüchter, die allerdings auch schon von der Opposition umworben wurde. Und die andere? Die Kundschafter zierten sich: ›Vielleicht sollten wir die besser wieder vergessen. Als wirkliche Wähler kann man die kaum bezeichnen. Die leben völlig zurückgezogen und ganz für sich.‹ Die anderen riefen: ›Jetzt stellt euch nicht so an. So schlimm kann's ja wohl nicht sein. Also, um wen handelt es sich?‹ Die so Bedrängten gaben nach: ›Nun ja, diese … Menschen? … sind halt etwas anders, so eine Art Auslese. Man kann sich das nicht vorstel-len, wenn man es nicht mit eigenen Augen gesehen hat. Man erkennt sie an … also … sie haben alle … zwei Köpfe!‹ – Es war schlagartig still im Raum. Viele glaub-ten, nicht richtig gehört zu haben und sahen einander fragend an. Als auch der letzte die Neuigkeit begriffen hatte, wurde es wieder laut. Je nach Mentalität ekelten sich die einen und schüttelten sich angewidert: ›Igitti-gitt, völlig inakzeptabel!‹ Die witzigen liefen zu großer Form auf: ›Wie schafft man es, sich bei einem Schnupfen ständig gleichzeitig zwei Nasen zu putzen? Dafür kann man allerdings alleine ein Lied zweistimmig singen. Und zum ‚Doppelkopf' braucht man nicht mal einen Partner. Und wenn man von so jemandem behauptet, er spräche mit zwei Zungen, ist das nicht zwangsläufig eine Beleidigung, ha ha. Kriegt man beim Ohrenarzt für die Untersuchung von vier Ohren wohl einen oder zwei Termine? Und natürlich erhält man beim Friseur einen Rabatt für zwei Haarschnitte gleichzeitig.‹ Und so weiter und so weiter. Es war eine Riesengaudi. Bis einer von ihnen nachdenklich wurde und laut fragte: ›Hey, wenn man für sich allein zwei Hüte braucht, und zwei Brillen, und zwei Zahnbürsten – hat man dann nicht auch zwei Stimmen zum wählen?‹ Es wurde wieder still. Alle aktivierten ihre grauen Zellen, bis auch dem Dümmsten ein Licht aufging. ›Ja, natürlich, so muss es sein. Man sollte sich sowieso nicht so anstellen. Wer wird denn derart kleinlich sein? Schließlich darf niemand wegen seines Äußeren ausgegrenzt werden. Und dieser kleine Makel, was ist das schon? Man wird sich schnell daran gewöhnen.‹ – Die Wahl war so gut wie gewonnen!«

Helen schaut ihre Großmutter entsetzt an: »Oh, mein Gott. Gab es jemals einen Politiker in unserer Familie?«

Johanna geht kurz in sich: »Nein, so viel ich weiß, nicht.«

Ihre Enkeltochter seufzt erleichtert: »Gott sei dank. Sonst müsste ich mich jetzt glatt erschießen.«

»Weißt du, Kind, wenn dich Politiker derart aufregen, haken wir die jetzt erst mal ab. Die haben einem schon zu meiner Zeit jedes Familienfest verdorben. Vor jeder Feier wurden die Männer von ihren Ehefrauen geimpft: ›Alles, bloß keine Politik, hörst du? Von mir aus auch stundenlanges Fachsimpeln über Fußball, aber keine Politik, versprich es!‹ Nach dem dritten Glas Bier war alles vergessen. Welches Thema ist auch nur annähernd so ergiebig und wobei sonst kann man sich ganz offiziell ähnlich wortreich fetzen, ohne persönlich zu werden? Da half es auch nicht, dass die harmonie-bedürftigen Frauen ihren Ehemännern unterm Tisch die Schienbeine grün und blau traten, um sie an ihr Versprechen zu erinnern. Wenn man einmal so schön in Fahrt war, gab es kein zurück. Schließlich zuckten die weiblichen Gäste resigniert mit den Schultern und verdrehten hilflos die Augen. Alles wie gehabt! – Und nun hol dir endlich diese Sahnetrüffel aus dem Tallboy, fünfte Schublade von unten.«

Während Helen auf besagtes Möbelstück zusteuert, sinniert sie laut: »Da nehme ich am besten die mittlere der drei großen Schubladen in der oberen Kommode.« Sie fördert eine mittelgroße Schachtel zutage, nimmt den Deckel ab und stellt die Trüffel auf den Tisch.

Johanna zieht die Luft durch die Nase: »Hmm, wie das duftet. Die Sorte mochte schon dein Vater gern. Die Leidenschaft für Süßigkeiten hat er von mir. Ich hatte seit jeher ein Schubfach im Küchenschrank nur für Süßes reserviert. Aber vor Lennards Geburt wollte ich mir das abgewöhnen, damit ich nicht schuld wäre, sollte er später schlechte Zähne kriegen. Das war nicht so leicht, wie sich das anhört, also schob ich das Abgewöhnen ständig vor mir her und haute mir den Bauch voll Leckerchen, wenn Lennard seinen Mittagsschlaf machte oder mit seinem Vater einkaufen oder spazieren ging. Doch im Laufe der Zeit trafen sich Mutter und Sohn immer häufiger gemeinsam an besagtem Schubfach. Wenn dein Großvater das sah, meinte er kopfschüttelnd: ›Es gibt Menschen, die hängen an der Flasche, manche am Glimmstängel, andere gar an der Nadel; aber ihr beide hängt eindeutig an der Schublade.‹«

Helen greift lachend in die Schachtel: »Und Papa hat es mir vererbt und Mama macht sich über uns beide lustig. Ist das nicht toll, wenn etwas Vertrautes wiederkehrt? Ich würde auch gern etwas vererben, selbst wenn es nur die Vorliebe für Süßigkeiten wäre. – Was ich schon oft fragen wollte, Oma, warum hat Margot keine Enkelkinder? Hat Rosi nicht geheiratet?«

»Doch, das muss so um das Jahr 2010 gewesen sein. Rosi und ihr Mann Klaus haben von vornherein ihr Leben mit Nachwuchs geplant. Doch daraus wurde nichts. Rosi gehörte zu den Vorboten jener Frauen, die vom Bauchnabel abwärts nicht mehr korrekt fürs Kinderkriegen ausgerüstet waren. Aber bis das festgestellt wurde, hatten die beiden schon so viel Energie in ihren Kinderwunsch investiert, dass es zwangsläufig tragisch enden musste. Nach ungefähr fünf Jahren ließen sie sich scheiden. Nein, das ist so nicht ganz richtig: Klaus ließ sich scheiden. Er wollte eine zweite Chance für eine Familie und heiratete kurz darauf eine Chinesin. Nachdem Rosi ihrem geschiedenen Mann mit seiner hoch-schwangeren, asiatischen Ehefrau zufällig in der Stadt begegnet war, ließ sie sich von ihrer Firma ins Ausland versetzen. Sie hat nie wieder geheiratet und lebt nun schon seit vielen Jahren in Belgien. Mit dem Ergebnis, dass Margot nicht nur keine Enkelkinder hat, sondern auch ihre einzige Tochter nur zwei oder drei Mal im Jahr zu Gesicht bekommt.«

»Das ist so traurig,« flüstert Helen mit echtem Mitgefühl.

»Ja«, nickt Johanna zustimmend, »und viel schlimmer noch als bei Hetty und Herbert; die hatten sich in ihrem Unglück wenigstens gegenseitig. Ich meine, dass eine Ehe kinderlos blieb, das hat es immer mal gegeben. Aber seitdem sich diese Fälle kontinuierlich mehrten, stellten sich die Männer vor der Hochzeit mit Blick auf eine Familie ganz neue Fragen. Und heute, bei den katastrophalen Geburtenzahlen, tun sie das ganz offiziell, wie du mir selber aus deiner Klinikerfahrung erzählt hast. Und, ganz ehrlich, diese Untersuchung, die beweisen soll, ob die Auserwählte ,all inclusive‘ ist, finde ich nicht so überflüssig wie du anscheinend. Sie hätte Rosi und Klaus einige unglückliche Jahre erspart.«

»Ihm vielleicht«, ruft Helen impulsiv, »aber Rosemarie wäre so oder so unglücklich gewesen. Ist doch 'ne echte Sauerei, das e r mit Leichtigkeit eine komplette Frau findet, während s i e zum Verrecken niemals eine funktionierende Gebärmutter besitzen wird.«

Die ältere sieht ihre Enkelin vorwurfsvoll an: »Jetzt bist du ungerecht, Helen. Man kann die Männer ja wirklich für vieles verantwortlich machen, aber dieses Dilemma, in dem die Frauen heute stecken, haben sie vor allem ihrem eigenen Geschlecht zu verdanken.«

Die jüngere stöhnt leise auf: »Du hast ja Recht. Ich weiß, dass du Recht hast. Aber ich kann diese Art von Reglementierung nicht ausstehen. Wieso sollte irgendjemand bestimmen dürfen, wann und woraufhin ich mich untersuchen lassen muss?«

»Aber ansonsten schwärmst du doch für nackte Tatsachen. Bisher jedenfalls wolltest du immer genau wissen, woran du bist. Und die Bescheinigung mit dem Ergebnis einer solchen Untersuchung zwingt Steffen und dich doch zu nichts. Sie soll nur als Richtlinie gelten, damit man nicht unnötig für lange Zeit seine ganze Hoffnung in ein völlig aussichtsloses Unterfangen setzt.« Ein Lächeln huscht über Johannas Gesicht: »Ich habe schon öfter darüber nachgedacht, wie wohl dein Vater auf einen negativen Bescheid in Bezug auf die Gebärfähigkeit deiner Mutter reagiert hätte. Wäre ja möglich, dass mir jetzt ein schwarzhaariges Enkelkind mit Mandelaugen gegenüber säße. Wie findest du die Vorstellung?«

Helen tut betont gleichgültig: »Ich dachte, du magst blond. Im Übrigen bin ich der Meinung, man hätte eher deine Generation von Amts wegen überprüfen sollen, und zwar auf ihren Geisteszustand.«

Ihre Großmutter beugt sich vor und strahlt ihrem Vis-a-Vis mitten ins Gesicht: »Hey, Kind, jetzt sei nicht so grantig. Das mit den schwarzen Haaren war doch nur ein Scherz. Du weißt ganz genau, dass du unser allergrößter Schatz bist. Und keiner ist glücklicher als ich, dass Lennard und deine Mutter sich gefunden haben. Weißt du, wenn ein Kind noch klein ist, dann hat man ganz bestimmte Wünsche und Träume für diesen heranwachsenden Menschen. Natürlich soll er vor allem gesund sein, dann gut aussehen, möglichst sympathisch und umgänglich sein; und eine gehörige Portion Intelligenz wäre auch nicht schlecht. Und den meisten fällt dann auch noch Reichtum und Karriere ein. Obwohl Letzteres auch nicht zu verachten ist, habe ich mir für Lennard stattdessen inständig gewünscht, dass er sich später unbedingt in eine Frau verliebt, die ihm mittels Familie ein volles Leben bietet. Er sollte um Gottes Willen nicht an so einem kalten Karriere-Schrapnell hängen bleiben und dadurch zu so einem armseligen, halben Leben verdonnert sein. Wenn man keine Kinder hat, bleiben so viele Eigenschaften in einem ungenutzt, weil sie nicht herausgekitzelt, nie gefordert werden. Man erfährt gar nicht, was eventuell noch alles in einem steckt und nimmt alles unentdeckt mit ins Grab. Nehmen wir deinen Großvater zum Beispiel. Als Lennard geboren wurde, waren wir schon eine Ewigkeit zusammen und eigentlich kannte ich ihn wie meine Westentasche. Aber wer hätte gedacht, dass er der geborene Bettenbauer ist! Seitdem wir ein drittes Bett brauchten, hat sein Vater für Lennard im Keller gesägt, geschraubt und gestrichen, weil ihm kein Kinderbett von der Stange gut und originell genug für seinen Sohn war. Jedes Exemplar sah nach der Fertigstellung irgendwie nach Auto aus, aber der Junge hat wunderbar darin geschlafen. Und als dein Vater dann groß genug war, um selber mit einem Hammer und Schraubenzieher umzugehen, haben beide gemeinsam im Keller irgendwelche möbel-ähnlichen Gegenstände gebaut, die hinterher beim besten Willen niemand gebrauchen konnte. Nach der enttäuschenden Erkenntnis wurde dann alles wieder auseinander genommen und etwas Neues kreiert, einfach so, aus Spaß an der Freude. Einmal habe ich deinen Großvater zu Lennard sagen hören: ›Was für ein Glück, dass du ein Junge bist, sonst hätte ich tatsächlich noch häkeln und stricken lernen müssen.‹«

Helen fällt etwas ein: »Ja, wie Papa, weißt du noch? Das muss in meiner Grundschulzeit gewesen sein. Mama war zur Fortbildung und du in der Reha, deiner neuen Hüfte wegen. Ausgerechnet da mussten wir ein paar Zentimeter Schal stricken. Papa und ich waren ziemlich ratlos und kämpften mit den Stricknadeln wie mit asiatischen Essstäbchen. Mama konnten wir nicht erreichen, aber du hast uns dann per Telefon Anweisungen gegeben. Und

Papa wurde so von Ehrgeiz gepackt, dass er, obwohl wir schon bald Knoten in den Fingern hatten, keine Ruhe gab, bis endlich ein richtiges Strickstückchen entstanden war. Und in der Schule standen wir im Vergleich mit den anderen gar nicht schlecht da.« Helens Gesichtsausdruck ist fast zärtlich; dann sagt se leise: »Ich denke, bei Bedarf würde Steffen das auch bringen.«

Johannas Stimme klingt zuversichtlich: »Klar würde er das. Ihr müsst euch nur langsam mal entschließen. Von nix kommt nix. Egal, ob hämmern oder häkeln, die Vorlieben müssen erst mal die Chance haben, ans Tageslicht gefördert zu werden.«

Die Enkelin sieht still auf ihre Hände und ihre Großmutter fragt sich, warum sie heute von einem Moment auf den anderen so blass und traurig aussieht.

Laut sagt sie: »Weißt du, Kind, die Tatsache, deinen Vater in die Welt gesetzt zu haben, war die beste Entscheidung meines Lebens; etwas, was ich keinen einzigen Augenblick bereut habe. Und das Schönste daran ist, dass ich das Gute dieser Entscheidung bis an mein Lebensende genießen kann. Ist das nicht wunderbar? Während Lennard heranwuchs, passierte es mir immer wieder, dass ich bei seinem Anblick kaum glauben konnte, dass er nur durch deinen Großvater und mich existiert, dass ausschließlich wir beide dafür verantwortlich sind, dass es ihn gibt. Dieses Gefühl … das ist so umwerfend, so toll, mit nichts zu vergleichen. Völlig unverständlich, wieso sich jemand freiwillig so etwas entgehen lässt. Wenn ich einen neuen Menschen in diese Welt bringe, dann habe ich mit Sicherheit etwas in meinem Leben, worauf ich stolz sein kann und was Bestand hat.

Apropos Bestand – der Begriff ist mir ganz besonders bewusst geworden, als Lennard im Teenageralter war. Von der ersten Tanzstunde an löste eine Freundin die andere ab. Und das im wahrsten Sinne des Wortes. Es schien eine Warteliste zu geben. War die eine weg, war die nächste schon da. Wahrscheinlich gab es einen Frauenüberschuss. Jedenfalls war eine wie die andere nach kurzem Vergangenheit. Aber ich bin immer noch seine Mutter!«

Helen schürzt spöttisch die Lippen: »Hey, das war Papa in seiner Jugend? Hab ich ja gar nicht gewusst.«

»Musst du auch nicht«, erwidert Johanna zerknirscht, so als hätte sie ihren Sohn verraten. »Aber daran lässt sich wunderschön die Endgültigkeit einer Pro-Kind-Endscheidung veranschaulichen. Wenn man sich einmal zum Eltern-Sein entschieden hat, dann ist man das auf Lebenszeit, egal was passiert. Man kann sich da nicht mehr raus reden oder gar davon schleichen, wenn man keine Lust mehr hat. Und gerade diese Beständigkeit, die Verantwortung einschließt, war es, die die Menschen damals so verschreckt hat, wovor sie sich regelrecht fürchteten. Mehrere Jahrzehnte lang ging es ihnen ausschließlich um Spaß, Spaß und Spaß.«

Die Enkelin wundert sich: »Kann man denn mit Kindern keinen Spaß haben?«

»Doch, sicher, aber nicht nur. Sie machen auch Arbeit, kosten Zeit, Geld und Nerven. Alles Dinge, die man auch gut für sich selber verwenden kann. Mal ab und zu ein nettes Kind um sich haben und Familie spielen, wenn man gerade gut drauf war, dazu hätten sich manche eventuell noch bereit erklärt. Aber auf Dauer?

Das war einfach zu ... zu dauerhaft eben. Da machte es sich viel besser, sich dann und wann für arme Kinder in Krisen- und Kriegsgebieten in Szene zu setzen. Das taten mit Vorliebe kinderlose Journalistinnen, Politikerinnen und Vertreter des Showgeschäftes. Man ließ sich inmitten einer bunten Kinderschar ablichten. Das sah gut aus und entkräftete den Verdacht, dass man mit Kindern nun wirklich überhaupt nichts am Hut hatte. Wer wollte schon ganz offiziell als egoistisch und lieblos gelten? Und nach einer solchen Imageaktion wusch man sich gründlich die Hände, fuhr nach Hause und hatte wieder seine Ruhe.«

»Und die anderen?«, fragt Helen, während sie wieder einen Sahnetrüffel aus der Schachtel fischt. »Was war mit den vielen Menschen, die sowieso keine Karriere in Aussicht hatten; die breite Schicht der ganz normalen Arbeiter und Angestellten?«

»Die versuchten in kleinem Maßstab den sogenannten Prominenten nachzueifern. Dazu waren natürlich für ein Ehepaar zwei Einkommen unerläßlich. Und damit leistete man sich dann alles, was irgendwie möglich war. Und möglich war damals eine ganze Menge. Die Mittelschicht der Spaßerwachsenen war heiß umworben. Mit Slogans wie ,Geiz ist geil' wurde ihnen für Tonnen von Nonsens der letzte Cent aus der Tasche gelockt. Selbstverständlich kamen in einem derart austangierten Budget Kinder überhaupt nicht vor. Aber sie hätten auch sowieso nur gestört. Man hatte so viel mit sich selber zu tun, dass da kein bisschen Zeit für einen Minimenschen übrig blieb. Und wo sollte man einen solchen Winzling lassen, wenn man am Wochenende mal eben für ein paar

Euro nach Rom, Madrid oder Paris flog, einfach so, um da gewesen zu sein.«

»Wieso war das eigentlich erlaubt?«, fragt die junge Frau kopfschüttelnd. »Dadurch wurde haufenweise wichtige Energie vergeudet und obendrein die Umwelt verpestet; und das alles just for fun.«

»Da wurde nicht lange gefragt. Es war billig, machte Spaß und es war möglich – also wurde es gemacht.«

»Aber, hast du nicht vorhin von einer mitregierenden grünen Partei gesprochen?«

Ihre Großmutter verdreht die Augen: »Das darfst du nicht überbewerten, die flogen selber auch ganz gerne und fuhren unverschämt teure, spritfressende Luxuskarossen. – Da fällt mir im Moment noch etwas zu den Durchschnittsverdienern ein. Deren Einkommen war so eng kalkuliert, dass man sich, kaum über dreißig, zu einer Vasektomie entschloß, um die Kosten für die Antibabypillen anderweitig zu verbraten.«

Helen fasst sich an den Kopf: »Das kann man kaum glauben. Dieser Eingriff wird bei uns so gut wie gar nicht mehr vorgenommen. Heute geht es nur noch darum, nach Möglichkeit etwas Lebendiges aus einer Frau herauszuholen.« Sie sieht nachdenklich auf filigrane Schokoladespuren an ihren Fingern: »So alt kann ich gar nicht werden, um jemals zu verstehen, wie ein ganzes Volk so kinderfeindlich werden konnte.«

Johanna sinkt händeringend tiefer in ihren Sessel: »Um Himmels Willen, Helen, sag doch nicht so was! Kinderfeindlich – das hört sich so … negativ an. Man hat sich damals solche Mühe gegeben, ein angenehmeres Wort zu finden – kinderentwöhnt!«

»Und«, fragt die Enkelin genervt, »wo ist der Unterschied? Das Resultat ist das gleiche – es gibt keine Kinder.«

»Ja, aber der Ton macht die Musik. Durch Hitler und den zweiten Weltkrieg galten wir schon einmal als ,die hässlichen Deutschen'. Das sollte uns keinesfalls wieder passieren. Auf den Ruf konnten wir gut und gerne verzichten. Wir hatten uns auch wirklich alle Mühe gegeben. Wir warfen mit dem Geld um uns, um die Sympathien anderer Staaten zu erkaufen. Wir hießen jeden, auch fanatische Kriminelle ohne nachzufragen willkommen und stülpten ihnen unser soziales Netz über. Hinter vorgehaltener Hand lachten sich diese Fundamentalisten über die gar so toleranten Deutschen halb tot. Genauso lief es mit den arbeitsscheuen Schmarotzern, die von der arbeitenden Bevölkerung durchgefüttert wurden. Man verlor kein böses Wort über diese Klientel, weil sich das eventuell gemein angehört hätte. Und wir waren nicht gemein, wir waren nett, nett, nett. Und aus genau dem Grund machte man auch den Kinderverweigerern keine Vorwürfe. Jeder konnte schließlich frei entscheiden und mit seinem Leben machen, was er wollte, nach dem Motto: Ein freier Wolf reißt in einem freien Hühnerstall freie Hühner! Wir kamen vor lauter Toleranz fast um, und wussten doch genau, dass es um unsere Zukunft ging.«

Helen wischt sich mit einer Serviette die Finger ab: »Haben die Menschen denn gar nichts vermisst? Ich meine, selbst unter einer mit lauter Konsum zugekleisterten Oberfläche muss man doch spüren, dass da etwas Wichtiges fehlt. Etwas, wofür es sich zu leben lohnt. Wenn man sein irdisches Dasein nur als Kauf- und Reiseerlebnis oder als Medienspektakel versteht, dann ist doch das eine so überflüssig und austauschbar wie das andere und wird der Bedeutung jedes einzelnen Lebens kein bisschen gerecht. Vor ein paar Wochen war bei uns in der Klinik eine junge Frau, die kurz vor der Niederkunft durch Schließung der Firma ihre Arbeitsstelle verloren hatte. Sie war darüber ziemlich unglücklich, obwohl sie ganz sicher bald etwas Neues finden wird. Am Morgen der bevorstehenden Geburt strahlte sie mich unvermittelt an und sagte etwas, das haargenau auf den Punkt bringt, was ich meine: ›Wissen Sie, was mich wirklich glücklich macht? Der Gedanke, dass ich als Mutter auf ewig unkündbar sein werde!‹«

Johanna beäugt ihre Enkeltochter verstohlen über den Brillenrand. Bildete sie sich das nur ein oder sah Helen im Moment wieder todunglücklich aus?

Aber dann lächelt sie ganz plötzlich und sagt versonnen: »Weißt du, Oma, ich träume manchmal von Steffen und seinem Ebenbild im Miniformat. Und während ich die beiden dabei beobachte, wie sie miteinander umgehen, wird mir klar, wieviel von Steffens Zärtlichkeit und Liebe ungenutzt den Bach runter gehen würde, könnte er sie nicht für solch ein kleines Wesen verwenden.«

»Hm, ich träume schon lange nicht mehr; jedenfalls kann ich mich morgens an nichts erinnern. Ich bin froh, wenn ich überhaupt noch aufwache. Im Übrigen gilt, wenn du einen Traum verwirklichen willst, musst du als erstes aufhören zu träumen.«

Helen ist gekränkt: »Ja, ja, Hauptsache man hat immer einen coolen Spruch parat.«

Ihre Großmutter setzt das gewinnenste Lächeln auf,

das sie auf die Schnelle finden kann: »Also gut, wenn du für Sprüche heute nicht empfänglich bist, dann kehren wir zu deiner Frage zurück. – Ich glaube schon, dass jener kinderlosen Generation tief, ganz tief unter ihrer subtilen Egoistenkruste bewusst war, dass ihnen etwas Wesentliches fehlte. Es fiel nämlich auf, dass gerade sie unheimlich gern in Familie machte, so als müsse man Reserven für später schaffen. Man nahm jede Art von Familienfeier wahr, fuhr mit den Eltern in den Urlaub und reagierte hocherfreut, wenn sich unter den Familienmitgliedern ein Dummer fand, der noch ein Kind groß zog. Das gab der ganzen Sippe direkt so etwas … freundlich Normales. Von solch einem Alibi-Familienkind konnte man wunderbar zehren. Man beschenkte es dann und wann, ging auch mal mit ihm Eis essen oder in den Zoo. Und wenn das gute Kind dann müde und schmutzig war, gab man es schleunigst wieder ab und zog sich in die eigenen durchgestylten, hübsch aufgeräumten vier Wände zurück. Man konnte sich beruhigt zurücklehnen in der Gewissheit, ein kinderliebender, familienfreundlicher Mensch zu sein. Und das, obwohl diese Ausgehkinder natürlich völlig falsch bis überhaupt nicht erzogen waren. Es ist ja allgemein bekannt, dass die Kinderlosen am besten wissen, wie man Kinder erzieht. Weißt du, denen kommt das Gefühl nicht dazwischen.«

Helen hebt erstaunt die Augenbrauen: »Wie meinst du das?«

»Na ja, ich denke, rein theoretisch ist Kindererziehung für jeden Durchschnittserwachsenen ein Kinderspiel. Aber sobald man betroffen ist und sich dieses ganz spezielle Eltern-Kind-Gefühl einstellt, das sich aus Liebe,

Stolz, Fürsorge, Zärtlichkeit und Toleranz zusammensetzt, existieren keine starren Richtlinien mehr und das macht die Sache ziemlich anstrengend. Natürlich versucht man, nicht alle guten Vorsätze über Bord zu werfen und hangelt sich so von Kompromiss zu Kompromiss. Und während man sich als Eltern bereitwillig Stück für Stück zurücknimmt und somit genügend Platz für den neuen Erdenbürger schafft, entwickelt sich nicht nur das Kind ständig weiter. Und exakt diese Art von Erwachsenenentwicklung ist es, die den kinderlosen Egoisten für immer fehlt. Natürlich bemerken sie es nicht; sie glauben es nicht einmal. Und genau an dem Punkt hätte man so einen Simulator zum Einsatz bringen müssen.«

Helen ist verwirrt: »Wie jetzt, zum Fliegen?«

»Quatsch, zum Kinderkriegen.«

»So was gab es?«

»Leider nicht. Ich bin davon überzeugt, dass so ein Gerät unsere einzige Chance gewesen wäre. – Sieh mal, Kind, die Sache ist doch einleuchtend. Wenn ganzen Generationen der Wille zur Fortpflanzung abhanden kommt, weil das dazu gehörige Gefühl von lauter Killefitt und Coolness verschüttet ist, dann muss man es eben künstlich wieder ans Tageslicht befördern, das Gefühl mein ich. Und das hätte wunderbar so ein Simulator vollbringen können. Gerade du erzählst mir häufig so anschaulich aus deinem Klinikalltag, von der einzigartigen Atmosphäre unmittelbar vor, während und nach einer Geburt. Genau die Stimmung hätte man einfangen und in solch ein technisches Gerät sperren müssen, zusammen mit diesen hartnäckigen Kinderverweigerern, immer der Reihe nach, einer nach dem anderen. Wäre natürlich 'ne Menge Arbeit gewesen, bei der Vielzahl an Kindergegnern. Aber ich bin sicher, dass sich der Aufwand gelohnt hätte, weil kaum jemand von solch intensiven Gefühlen unbeeindruckt geblieben wäre. Es gibt da nämlich so ein Sprichwort: ›Was man nicht kennt, vermisst man nicht.‹ Ist irgendwie logisch. Also muss man das ‚Vermissen‘ beigebracht bekommen. Und wenn man jene selbstgefälligen, verkrusteten Kinderfeinde nur noch mittels Technik hätte aufweichen und vermütterlichen bzw. verväterlichen können, warum nicht? Technik ist schon für wesentlich Banaleres verschwendet worden. Allerdings wäre wahrscheinlich ein Aufschrei nach dem anderen ertönt: Bevormundung, Diskriminierung, Nazimethoden und so weiter und so fort. So sahen wir lieber ziemlich beschränkt dabei zu, wie unser aller Zukunft in die Hose ging. Hauptsache, wir blieben hübsch nett zueinander.«

»Und von wegen der Verantwortung für die spärliche Nachkommenschaft habt ihr wohl nix gehalten, wie?«, fragt Helen vorwurfsvoll. »Deine Simulationsidee in allen Ehren. Aber auch die schärfste Idee ist ohne Umsetzung 'ne Scheißidee und hat uns kein Stück weiter gebracht. Kinder – das ist doch nichts Merkwürdiges, Fremdes, Exotisches! Kind waren wir alle mal, müsste also jedem vertraut sein. Litten denn damals alle an Gedächtnisschwund oder wollten sie sich nicht an ihre Kindheit erinnern? War sie so furchtbar, dass man jene Zeit keinesfalls mit einem eigenen Kind wiederholen wollte?«

Johanna sieht an ihrer Enkelin vorbei, auf einen Punkt in weiter Ferne: »Das klingt jetzt sicher eher befremdlich, aber viele sahen Kinder als ihre Rivalen. Als Rivalen um Geld, Zeit, Gunst und Liebe des Partners, um Amusement im Allgemeinen. Ohne das verloren gegangene elterliche Fürsorgegefühl war ein Kind einfach nur eine weitere Person, mit der man teilen musste. Wahrscheinlich kam bei diesbezüglichen Überlegungen dem Nicht-Vater der Sohn der Nachbarn in den Sinn und er wird gedacht haben: ›Für solch einen Giftzwerg soll ich meinen Sportschlitten gegen eine öde Familienkutsche eintauschen? Da sei Gott vor bzw. die Pille!‹ Und seiner Partnerin hatte sich vielleicht das Bild von der verzogenen Göre ihrer Schwester eingebrannt: ›Für eine solche Zicke soll ich mir meine Figur versauen? Ein Hoch auf die Verhütung, in welcher Form auch immer!‹ Im übrigen kam eine Neuerung erschwerend hinzu, und zwar, dass viele Paare damals gar nicht mehr vorhatten, zusammen alt zu werden. Das Wort vom ‚Lebensabschnittspartner‘ machte die Runde. Entweder man heiratete erst gar nicht oder man ließ sich nach angemessener Zeit flugs wieder scheiden. Und bei der Suche nach dem nächsten Partner konnte ein schickes Auto oder eine gute Figur nur von Vorteil sein, wogegen ein Kind im Schlepptau nicht gerade hilfreich gewesen wäre.

Weißt du, Helen, als du vorhin sagtest, dass wir doch logischerweise alle mal Kinder waren, fielen mir wieder spontan die damaligen Spaßpolitiker ein, jene Art von Goldgräbern und Emporkömmlingen aus teilweise einfachsten Verhältnissen. Wurden sie in Interviews auf ihre Kindheit angesprochen, bekam man die rührendsten Geschichten aufgetischt. Ja, man sei früher zwar arm, aber glücklich gewesen; alles war zu ihrer Zeit einfach und schlicht, aber dafür echter, ehrlicher und liebevoller. Die Familie hielt zusammen und man fühlte sich in ihr gut aufgehoben. Und die Krönung war, wenn als Geburtstagsüberraschung der eigene Name aus den Nudeln der Buchstabensuppe geschrieben wurde! Daraufhin wischte sich der Interviewte verstohlen eine Träne aus dem Auge, steckte dann lässig eine Hand in die Hosentasche seines Armanianzuges, mit der anderen strich er die Designerkrawatte glatt und folgte gehorsam der Aufforderung seines Chauffeurs, doch bitteschön bequem in seiner Luxuslimousine Platz zu nehmen. Und wie immer um diese Zeit ließ er sich so in sein Schicki-Micki-Lieblingsrestaurant chauffieren, wo er auf die vielen weiteren Edel-Singles traf, Lichtjahre von besagter Nudelsuppe entfernt. Der Gedanke, wie die Welt in der Zukunft aussähe, wenn sich nur noch jene fortpflanzten, die entweder zu dumm oder zu arm zum Verhüten waren, schien sie nicht im mindesten zu beunruhigen.«

Helen hat still zugehört, aber jetzt lässt die Wut sie fast platzen: »Wozu hält man sich Politiker eigentlich? Ein total überflüssiger Luxus! Vorraussetzung für diese Kaste ist anscheinend eine überdimensional lange Leitung. Reagiert wird grundsätzlich erst, wenn das Kind schon im Brunnen vermodert und zum Himmel stinkt. Bis dahin kann auch der letzte Blödmann an der Sache nicht mehr vorbei riechen. Papa sagt immer, wenn Chirurgen ebensowenig entschlussfreudig wären, könnten die Krankenkassen sich an ständig wachsenden Überschüssen erfreuen, da die meisten Patienten verreckten, bevor es im OP überhaupt zum ersten Schnitt käme.«

Johanna lächelt wie immer, wenn sie an ihren Sohn denkt: »Ihr seid wirklich die ideale Medizinerfamilie: Vater Chirurg, Mutter Anästhesistin und die Tochter eine angehende Gynäkologin. Ihr könnt fast alles selber machen.«

»Stimmt«, lacht die Enkelin, »und wir hatten stets gemeinsamen Gesprächsstoff. Auch die Wäsche war nie ein Problem; wir brauchten kaum nach Farbe zu sortieren, da bei uns fast alles weiß war.«

»Und Steffen?«, fragt die Ältere, »wie passt der in das Konzept?«

»Rein wäschemäßig ganz ausgezeichnet, auch Psychotherapeuten tragen häufig weiß. Und da wir drei uns ausschließlich um den Körper kümmern, fehlte uns noch jemand für die Seele. Demnach macht Steffen uns komplett.«

Johannas Blick fällt auf ein Photo ihres Sohnes, das unmittelbar neben dem schon bekannten Tallboy hängt: »Ein klitzekleines bisschen traurig bin ich natürlich schon darüber, dass deine Eltern jetzt seit einigen Monaten in Berlin leben und ich sie wahrscheinlich nur noch an den Feiertagen sehen werde. Andererseits hat es mich sehr für sie gefreut, dass beide eine Stelle im gleichen Krankenhaus erwischt haben. Außerdem haben sie ja mit deiner ‚Aufzucht‘ dafür gesorgt, dass ich hier nicht mutterseelenallein zurückbleibe.«

»Aber das auch nur«, grinst Helen, »weil die Charité keine zusätzliche, junge Gynäkologin gebrauchen konnte. – Nein, Quatsch, ich bin gerne hier geblieben. Nicht nur deinetwegen, natürlich auch wegen Steffen; und ich mag meine Arbeit in unserer Klinik.«

Johanna sieht ihre Enkeltochter dankbar an: »Egal, aus welchem Grund auch immer; Tatsache ist, ich bin nicht allein, und das ist wunderbar. – Du weißt doch, dass ich früher ein Geschäft hatte, ein Geschäft für Kinderbekleidung. Im Jahr 2012 musste ich es schließen, nach rund zwanzig Jahren. Ich fühlte mich damals geradezu beängstigend fit und hätte furchtbar gerne noch ein paar Jahre drangehängt. Aber es hat sich einfach nicht mehr gelohnt: Wo keine Kinder sind, kann man keine kleiden! Zu der Zeit habe ich viele Frauen im Großmutteralter kennen gelernt, die es trotz mehrerer eigener Kinder zum Verrecken zu keinem einzigen Enkelkind gebracht haben. Töchter wie Schwiegertöchter fanden Windeln-Wechseln eher ätzend. Und durch Ausbildung und Beruf wurden die erwachsenen Kinder zwangsläufig in alle Winde zerstreut. Da die Lebenserwartung der Ehemänner im Mittel nicht an die weibliche heranreicht, blieben die Ehefrauen nicht selten einsam und verlassen zurück. Ich fand das ziemlich gruselig, die Frauen selber natürlich auch, und viele haben sich bitter beklagt:

›Angeblich kann man sich Kinder heute nicht mehr leisten, sie sind zu teuer. Ich lach mich tot! Also hängt alles nur am Geld? Das kann irgendwie nicht sein, wir hatten nämlich keins, damals im Krieg und kurz danach, als alles in Schutt und Asche lag. Trotzdem ist es uns gelungen, mehrere Kinder groß zu ziehen, die es wahrscheinlich gar nicht gäbe, hätten wir bereits die Pille und die heutige Einstellung zum Kind besessen. Man stelle sich das vor, Deutschland wäre fast ausgestorben und das Wirtschaftswunder hätte nie stattgefunden. Wäre doch schade, oder?‹

Und natürlich hatten sie damit Recht. Die Prioritäten hatten sich total verschoben. Während die ältere Generation es als selbstverständlich erachtete, ihrem Leben durch Kinder und Familie einen Sinn zu geben, egal, was man sich nebenher noch leisten konnte, sahen die Jungen ihren Lebensinhalt in Konsum und Selbstverwirklichung. Für sie waren Dinge wie Handys, schicke Autos, jede Art neuester Technik, Fitness, Fernreisen und goldene Kreditkarten erstrebenswert und unverzichtbar. Und wenn dann unterm Strich nichts übrig blieb, wurde der Nachwuchs kurzerhand gestrichen. Einfach so! Wie ein unspektakulärer Gebrauchsgegenstand, auf den man ebenso gut verzichten konnte. Dann eben nicht, basta. Und als Egoist unter Egoisten war man sich der breiten Zustimmung seiner Umgebung gewiss: Kinder? Der pure Luxus. Was die kosten! Und das für viele Jahre. Diejenigen, denen das dann doch zu materiell klang, gaben sich zusätzlich eine menschenfreundliche Note: Als verantwortungsvoller Mensch sollte man keinesfalls solch ein kleines, unschuldiges Wesen in diese kalte, herzlose, hässliche Welt setzen. Verlogener ging es kaum noch.«

»Das wäre so «, sagt Helen verächtlich, »als wollte man, hätte man sich einmal den Magen verdorben, nie wieder etwas essen und lieber gleich hungers sterben. Glaubst du, denen war wenigstens bewusst, dass sie selber für den Zustand jener Welt verantwortlich waren?«

Ihre Großmutter zuckt mit den Schultern: »Ich denke nicht. Sie waren halt Kinder ihrer Zeit. Sie kannten ja nichts anderes. Und in den Ländern um Deutschland herum sah es mit der Fortpflanzung nicht viel besser aus. Demnach war die gewollte Kinderlosigkeit nicht allein ein deutsches Problem. Allerdings waren wir im Vergleich einsame Spitze. Eben typisch deutsch. – Egal, was wir tun oder auch lassen, wir müssen immer in allem übertreiben. Schwarz oder weiß, ganz oder gar nicht. Zum Beispiel gab es in vergleichbaren europäischen Ländern Frauen in verantwortungsvollen Positionen, die nebenher als Mutter ihre Familie managten. Bei uns schloss das eine, bis auf wenige Ausnahmen, das andere grundsätzlich aus. Und der Geiz vor allem den Kindern gegenüber kannte in unserem Land damals kaum Grenzen. Durch den Einkauf für mein Geschäft habe ich das auf den Messen am eigenen Leib zu spüren bekommen. Während die Textilvertreter mit dem benachbarten Ausland trotz geschrumpfter Kinderzahlen weiterhin ganz gute Geschäfte machten, wurden wir deutschen Abnehmer misstrauisch beäugt und der Slogan ging um:

›Wer ist das Vorbild vom geizigsten Schotten? /
Deutsche bezogen auf Kinderklamotten!‹

So peinlich das Ganze auch war, war es dennoch eine Tatsache, dass den deutschen Müttern am liebsten gewesen wäre, die Babykleidung wäre mitgewachsen wie die menschliche Haut. Während andere Nationalitäten sich am Anblick ihres hübsch gekleideten Nachwuchses erfreuten, ging es bei uns nur darum, dass die Sachen möglichst lange getragen wurden. Alles wurde um etliche Nummern zu groß gekauft, damit es auch ganz sicher mehrere Jahre passte. Besonders unangenehm wurde es, wenn sich solche Anti-Kind-Geizhälse in meinen Laden verirrten, weil sie nicht umhin kamen, zum Angeben ein Geschenk von guter Qualität erwerben zu müssen. Selber in teure Designerklamotten gehüllt, schauten sie entsetzt auf das erstbeste Preisschild, sahen mich daraufhin fassungslos an und hauchten verstört: ›Aber das lohnt sich doch gar nicht für Kinder.‹ Wie ich diesen Satz gehasst habe! Diese wenigen Worte machten die Stellung der Kinder in unserer Gesellschaft überdeutlich. Wenn sich für unsere Kinder schon nichts mehr lohnte, konnten wir uns auch gleich begraben lassen. Aber im Laufe der Zeit hatte ich mir abgewöhnt, auf diesen Antisatz etwas zu erwidern, da jene vernagelten Typen mir sowieso keine objektive, menschenwürdige Meinung zutrauten, weil ich ja als Geschäftsinhaberin an der Ware verdiente.«

»Ich hatte immer das Gefühl«, erinnert sich Helen lebhaft, »dass meine Eltern gern für mich gekauft haben. Am liebsten bin ich mit Papa losgezogen, dem konnte ich auch Sachen abschwatzen, von denen er selber keineswegs überzeugt war.«

In Gedanken an ihren Sohn lächelt Johanna wieder: »Vielleicht ist unsere Familie gegen Geiz immun, denn deinem Großvater und mir hat es ebenso Freude gemacht, Lennard einzukleiden. Und auch meine Eltern waren stolz, wenn ich als Kind hübsch angezogen war. Aber man konnte die Uhr halt nicht wieder zurückdrehen und so empfanden die Menschen ihren ausgeprägten Egoismus als völlig normal. Über das Attribut ,geizig‘ wären sie zu Tode beleidigt gewesen, ,preisbewusst‘ hätten sie eventuell gelten lassen. Und von der Politik wurden sie in ihrer Einstellung noch bestärkt. Ich habe dir jene Politiker schon zur Genüge beschrieben. Demnach wäre es mehr als dämlich von ihnen gewesen, die damaligen Konsumterroristen ob ihrer ausgeprägten Kinderfeindlichkeit zu beschimpfen, denn als deren Spiegelbild hätten sie sich gleich mit einschließen müssen. Außerdem wollten sie natürlich wieder gewählt werden. Da kam man auf die glorreiche Idee, Gebärwillige mit Geld zu ködern. Der schnöde Mammon würde es schon richten. Aber so einfach war das nicht, dazu steckte der Karren viel zu tief im Dreck. Es hatte schließlich mehrere Jahrzehnte gebraucht, um das Eltern-Kind-Gefühl total verschwinden zu lassen, nun konnte man es nicht von heute auf morgen wieder hervorzaubern. Dieser Simulator, du weißt schon, der hat echt gefehlt. Und was damals niemand eingeplant hat, war die Rache der Natur. Daher sieht die Wirklichkeit heute in bezug auf die Bevölkerungszahlen um soviel trostloser aus als jede Vorausschau der Statistiker. Die haben nur mit Zahlen jongliert, konnten jedoch keineswegs ahnen, dass die Gebärfähigkeit bei vielen Frauen auf der Strecke bleiben würde.«

»Doch«. wirft die Enkelin erregt ein, »das hätte man wissen können, wenn man es denn gewollt hätte. Das kann man alles nachlesen, zum Beispiel, dass sich schon zum Ende des vorigen Jahrhunderts die Schwangerschaften von normalen 40 Wochen auf durchschnittlich 37 Wochen verkürzt hatten. Heute sind es übrigens im Schnitt nur noch 34 Wochen. Und dass etwa ein Drittel der Schwangerschaften bei deutschen Frauen zu Anfang des neuen Jahrtausends nur mit Hilfe einer In-vitro-Fertilisation zustande kamen. Von den Frauen, bei denen nicht einmal mehr das half, ganz zu schweigen. Und das will man alles übermerkt haben? Wir können von Glück sagen, dass die Asiatinnen und andere Migrantinnen uns mit ihren gebärfreudigen Becken vor dem Fast-Aussterben bewahrten. Andererseits sind gerade durch sie viele unserer gebärunfähigen Frauen todunglücklich geworden, siehe Margots Tochter Rosi. Und seit man wieder verstärkt Wert auf Kinder und Familie legt, landen nicht wenige von ihnen hochgradig suizidgefährdet in der Psychiatrie. Sie zerbrechen daran, dass sie nicht nur vor dem Ende ihrer Beziehung stehen, sondern auch noch miterleben müssen, wie der ehemalige Partner sich den Wunsch nach Fortpflanzung anderweitig erfüllt. Da Steffens Vater auch Psychotherapeut ist und auf eine lange Berufserfahrung zurück blickt, hat er schon häufig davon erzählt, wie diese Fälle zuerst nur vereinzelt in seiner Praxis auftauchten, sich dann mehr und mehr häuften, bis sie heute sogar in einer ganz normalen Klinik wie der unseren überhaupt nicht zu übersehen sind.«

Plötzlich sackt Helen wie ein Häufchen Unglück in sich zusammen und schlägt die Hände vors Gesicht. Einen Moment ist es mucksmäuschenstill, dann flüstert sie: »Oh Gott, Oma, hoffentlich bleibt mir das erspart.« Sofort reißt sie sich mit aller Kraft wieder zusammen, setzt sich auffallend gerade hin, sieht in das verunsicherte Gesicht ihrer Großmutter und versucht zu lächeln: »Entschuldige, ist heute einfach nicht mein Tag. Wahrscheinlich bin ich überarbeitet. Ich hatte mehrere Schichten hintereinander; und dann der Rummel um dieses Baby heute. Vielleicht hätten wir besser über ähnlich Tiefgründiges wie zum Beispiel das Wetter geredet.« Sie atmet ganz tief durch, dann muss sie lachen: »Weißt du noch, wie ich früher die Beschreibung der Lebensverhältnisse aus deiner Vergangenheit für Märchen gehalten habe?

Märchen, die Großmütter halt ihren Enkelkindern erzählen, eher schaurig als schön, zum Fürchten eben. Bis ich durch die Schule und das Lesen begriffen habe, dass deine Märchen Tatsachenberichte waren, was das Ganze nicht weniger gruselig machte, eher im Gegenteil. Auch was ich heute wieder aus deinen Erinnerungen erfahren habe, bestärkt mich in der Ansicht, dass ich jetzt in einer besseren Welt lebe als du damals. Damit meine ich nicht den Fortschritt der Technik, sondern den Fortschritt der Menschen. Durch die drastisch geschrumpfte Bevölkerung müssen wir heute zwar mehr arbeiten als unsere Vorgänger, haben weniger Geld und weniger Urlaub, aber dafür ist unser Leben irgendwie … ernsthafter, ausgeglichener, zufriedener. Wir sehen einen Weg vor uns, weil er nicht zugemüllt ist mit lauter Überflüssigem, was wir uns auch gar nicht leisten könnten. Stattdessen haben wir quasi eine hundertprozentige Vollbeschäftigung. Jeder, wirklich jeder leistet im Rahmen seiner Möglichkeiten einen Beitrag für die Allgemeinheit. Durch die dramatisch gesunkene Zahl der arbeitenden Bevölkerung können wir auf Niemandes Hilfe verzichten, also kommt sich auch niemand überflüssig vor. Und wo weniger Freizeit ist, gibt es weniger Möglichkeiten, sein Geld auszugeben. Ich habe mal gelesen, dass es zu deiner Zeit ganze Messen für Freizeit, Hobby und Spiele gegeben hat. Man fasst es kaum, eine ganze Industrie, die den Menschen helfen musste, ihre überflüssige Zeit zu verbringen! Zuviel Geld, zuviel freie Zeit und selbst ohne Arbeit ein gutes Auskommen; hört sich stark nach Schlaraffenland an. Und ihr habt euch gewundert, dass alles, was irgendwie laufen konnte, nach Deutschland kam? Ein Fass ohne Boden! Aber anscheinend hat sich niemand gefragt, wie man das auf Dauer bezahlen soll. Vor allem, so ganz ohne Nachwuchs, dafür mit einer ständig älter werdenden Rentnerschar. Auf welchem Mist waren eure Politiker eigentlich gewachsen? – Nein, Oma, um nichts in der Welt würde ich mit solch einem hohlen Freizeit-Konsum-Lust-Leben tauschen wollen. Ich lebe gerne heute. Wenn es nur dieses Elend mit den fehlenden Kindern nicht gäbe.«

»Einen Haken muss es geben«, denkt Johanna laut nach, »sonst wäre es das Paradies. Und das haben wir uns, wie jeder weiß, schon damals mit der Gier nach Obst verscherzt. Daran siehst du am besten, dass es absolut nicht neu ist, dass die Menschheit unbedingt will, was sie nicht soll und was eigentlich nicht geht. Und gerade das treibt sie an. Nehmen wir das Fliegen zum Beispiel, seit jeher träumen die Menschen davon. Und, sind ihnen deswegen Flügel gewachsen? Trotzdem haben sie es mit der Zeit geschafft, durch die Lüfte zu sausen. Und was machen sie mit den einzigen Geschöpfen, die von Natur aus fürs Fliegen ausgestattet sind? Sie sperren sie in kleine Käfige. Die Menschen sind normalerweise ziemlich verrückt, aber es gibt keine anderen.«

»Apropos verrückt«, hakt Helen ein, »wie war das mit eurer Affenkultur um die Jahrtausendwende? Das habe ich noch nie wirklich verstanden.«

Ihre Großmutter schlägt sich mit der flachen Hand vor die Stirn: »Oh, mein Gott, das hatte ich ganz vergessen. Oder besser – ich hab's verdrängt. Das war auch zu peinlich. Damals waren Talkshows in Mode und sogenannte Realityshows, deren einziger Sinn darin bestand, die

Gäste psychisch zu entblößen. Vielen war kein Thema zu intim oder zu bescheuert, wenn sie damit die Chance hatten, sich im Fernsehen vor aller Welt lächerlich zu machen. Manche ließen sich sogar in irgendwelche dubiose Container sperren, in denen sie täglich beobachtet werden konnten. Wie die Affen im Zoo, verstehst du? Nur dass sich hierbei die Menschen hinter den Gitterstäben befanden und sich geradezu darum rissen, den Affenpart zu übernehmen. Es ging ihnen ausschließlich darum, von wem auch immer, begafft zu werden.«

Die junge Frau schüttelt sich angewidert: »Das kommt davon, wenn man auf Kinder und Lebenssinn freiwillig verzichtet. Anscheinend ist einem dann rein gar nichts mehr zu primitiv, um seine Lebenshülle damit aufzufüllen. Für wen soll man auch Vorbild sein? Ohne Nachkommen bleibt man, solange man lebt, in seiner Reihe die jüngste Person.«

Helen gähnt ausgiebig und räkelt sich in ihrem Sessel: »Ich werde langsam müde, Oma. Aber bevor ich nachher deprimiert ins Bett falle, musst du mir unbedingt noch was Aufheiterndes erzählen. Irgendetwas Positives in Bezug auf Kinder wird dir doch hoffentlich auch aus jener Zeit einfallen?«

Johanna legt ihre Stirn in Falten und sieht angestrengt an ihrer Enkeltochter vorbei. Dann strahlt sie ganz plötzlich erleichtert: »Ja, natürlich, Sofia Loren!«

Helen hebt mit fragendem Gesichtsausdruck die Arme.

Ihre Großmutter schüttelt leicht den Kopf: »Nein, nein, die musst du nicht kennen. Obwohl – in dem einen oder anderen alten Spielfilm wirst du sie mit Sicherheit schon gesehen haben. Eine wunderschöne, italienische Schauspielerin; Filmdiva nannte man das damals. So was gibt es schon lange nicht mehr. Wie gesagt, sie war schön, reich und berühmt; sie hatte alles, wovon andere nur träumen. Aber sie war nicht wirklich glücklich. Sie wollte Kinder, was irgendwie nicht zu klappen schien. Also gönnte sie ihrer Karriere eine Pause, und mit Zähigkeit und wessen weiterer Hilfe auch immer hat sie es geschafft: Sie bekam nacheinander zwei Söhne. Danach war sie wahrscheinlich eine der glücklichsten Frauen der Welt, und mit Sicherheit eine der schönsten Mütter überhaupt. Nach angemessener Pause setzte sie ihre Karriere erfolgreich fort. Und als sie zu Anfang dieses Jahrhunderts anläßlich ihres siebzigsten Geburtstages gefragt wurde, was sie sich für ihr Leben noch wünsche, antwortete sie sehnsüchtig: einen Enkel! Ist das zu fassen? Sie war nicht programmiert auf ewige Schönheit, unvergänglichen Ruhm oder ihre Büste in Bronze gegossen. Sie wollte schlicht und folgerichtig einen Enkel. Na, ist das positiv genug?«

Helen klatscht begeistert in die Hände: »Genau das ist es, die eigene Linie weiter führen. Für echte Kinofans ist so ein Filmstar sicherlich sowieso unvergessen. Aber was ist das für ein Unterschied, wenn vor einer Kinoleinwand ein Mensch sitzt, der bewundernd und strahlend vor Stolz sagen kann: ›Seht euch diese tolle Frau an. Das war meine Großmutter!‹ – Ich bin zwar weder wunderschön, noch reich und berühmt, trotzdem wünsche ich mir nichts sehnlicher als ein privilegiertes Leben als berufstätige Mutter. Ich bin davon überzeugt, dass ich meinem Kind nicht stündlich beim Wachsen zusehen muss, aber ich brauche etwas, worauf ich meinen Blick richte.«

Johanna lächelt zustimmend: »Das wird schon. Damit ich das noch erlebe, solltest du dich vielleicht etwas sputen. Im Übrigen fällt mir da gerade noch etwas Positives ein. Während meiner Zeit als Ladeninhaberin habe ich vor allem die Bauern schätzen gelernt. In der Nähe meines Geschäftes, am südlichen Stadtrand, gab es mehrere Höfe, und deren Bewohner waren so wohltuend ... tja, wie soll ich sagen, so ... normal eben. Mehrere Kinder waren gang und gäbe, und trotzdem waren die Frauen wie selbstverständlich bei der Arbeit mit eingespannt. Die Kinder wurden anständig und geizlos gekleidet und dass sich für sie Qualität nicht lohne, gehörte nicht zu ihrer Denkweise. Natürlich ging auch an ihnen der Fortschritt nicht spurlos vorüber. Sie waren genauso mit jeglicher Art von Technik ausgestattet wie jeder andere Haushalt ringsum. Aber auch wenn die Welt sich wandelte, bedeutete das für diese Familien keineswegs, dass sie zwangsläufig ihre Lebensweise ändern mussten und ihre Tradition und alles Althergebrachte über Bord warfen. Darüber habe ich mir damals häufig den Kopf zerbrochen. Vielleicht ist es für uns Menschen leichter, nicht den Boden unter den Füßen zu verlieren, wenn wir einen festen Bezug dazu haben, zu Grund und Boden, zu Land und Erde, zum Säen und Ernten, zur Aufzucht von Tieren. Eben zu allem, was Bestand hätte, würde sich jeglicher überflüssige Schnickschnack auf ein himmlisches Kommando hin in Wohlgefallen auflösen. –

Es gab aber nicht nur Bauernhöfe in unmittelbarer Nähe meines Kindergeschäftes, sondern auch mehrere Schulen; zwei Grundschulen und zwei Gymnasien. Durch diese Tatsache und natürlich durch die Schulzeit deines Vaters lernte ich zwangsläufig auch viele Lehrer kennen. Aber wenn du glaubst, dass meine positiven Erfahrungen jetzt zu großer Form auflaufen, dann hast du dich geschnitten. Die wenigsten Lehrer hatten eigene Kinder, wofür viele Verständnis äußerten: Wenn die armen Lehrer sich schon tagtäglich mit den Kindern anderer Leute herum plagen mussten, dann wollten sie sich natürlich ihre Freizeit nicht auch noch mit eigenen versauen. Auch fürs Lehrerimage war die eigene Brut riskant, denn geriet sie nicht wie gewünscht, war der Ruf als guter Pädagoge dahin.«

Helen verzieht das Gesicht: »Am besten, ich vergesse die Lehrer gleich wieder. Ich bleibe lieber bei dem Filmstar und den Bauern, ich brauch nämlich heute etwas Freundliches zum Einschlafen. Da im Traum meist alles ein wenig durcheinander gerät, wird vielleicht heute Nacht ein Wahnsinnsvamp auf einem Schwein übers Feld reiten. Wie auch immer, ein bisschen Spaß kann nicht schaden.«

Während Johanna noch schmunzelnd das letzte Bild auf sich wirken lässt, bleibt ihr Blick an der alten Uhr hängen: »Oh Gott, Kind, wir reden und reden, und dabei ist es schon fast elf. Du musst doch sicher morgen wieder früh raus, oder?«

Ihre Enkeltochter schüttelt den Kopf: »Ich brauch erst gegen Mittag wieder in der Klinik zu sein. Trotzdem, es ist spät genug, ich muss unbedingt mal wieder richtig ausschlafen.«

Die alte Frau rappelt sich mühsam aus ihrem Sessel hoch und stülpt den Pappdeckel über den Karton mit den restlichen Sahnetrüffeln: »Hier, die kannst du mitnehmen, das lohnt sich noch.«

Helen, die gerade noch ausgiebig gegähnt hat, schwingt sich leichtfüßig auf die Beine: »Hey, Oma, kann es sein, dass mich im Moment der Hauch einer Bestechung umweht, weil da jemand möglichst flott an einen Urenkel kommen will? Aber das ist ganz unnötig.« Sie sieht lächelnd auf die Schachtel in ihrer Hand: »Steffen und ich, wir machen das schon. Schließlich muss doch jemand dafür sorgen, dass die Vorliebe für Süßigkeiten in unserer Familie nicht ausstirbt. Und außerdem: Wem soll ich sonst später einmal die unglaublich komplizierte wie wichtige Anordnung der Schubladen an einem Original Tallboy erklären?«

Johanna streichelt ihrer Enkelin zärtlich über die Wange: »Eigentlich wollte ich nur, dass die Leckerei dich an mich erinnert und du nicht vergisst, nächste Woche wieder zu kommen. Aber deine Interpretation ist auch nicht schlecht.«

Helen nimmt ihre Tasche und während sie beide zur Tür gehen, legt sie liebevoll einen Arm um die Schultern ihrer Großmutter: »Ich freu mich auf mein Bett, und darin werde ich bis morgen früh drei Dinge tun – schlafen, schlafen und schlafen, dann bin ich wieder topfit. Wenn ich vor meinem nächsten Besuch irgendetwas für dich besorgen soll, dann ruf mich Anfang der Woche an. Also, mach's gut. Und – übertreib nicht bei den Liegestützen.« Lachend zieht sie die Tür hinter sich zu.

Johanna steht allein in ihrer kleinen Diele und schaut lächelnd auf die Tür, durch die ihr einziges Enkelkind genauso plötzlich verschwunden ist, wie es vorhin aufgetaucht war. Helen schien jetzt so fröhlich wie immer, oder? Wieso nur hatte sie vorhin ein paar Mal den Eindruck gemacht, als sei sie unglücklich, traurig, ja sogar verzweifelt? Die alte Frau strafft ihre Schultern. Alles Quatsch! Das kommt davon, wenn man so viel alleine ist, dann sieht man schnell Gespenster und bildet sich Gott weiß was ein. Außerdem hat Helen die Erklärung selber geliefert: Sie ist müde und überarbeitet. Na also, sie muss sich nur erholen und dann … Tja, dann, denkt Johanna sehnsüchtig, wenn alles gut geht, könnte ich tatsächlich bald Uroma werden. Natürlich nur, wenn ich nicht vorher sterbe.

Sie steht noch eine zeitlang an der gleichen Stelle und lächelt in Richtung Tür, als sähe sie dort das Bild ihrer Enkelin. Das Leben ist schön! Trotzdem.

Auf der anderen Seite der Tür steht Helen. Als die Tür hinter ihr ins Schloss fällt, gefriert das Lachen auf ihrem Gesicht zu einer Fratze. Sie schließt die Augen und lehnt sich mit einem Seufzer an den Türpfosten. Geschafft, wenigstens für heute. Ob Johanna etwas gemerkt hat? Sie öffnet langsam ihre Augen und sieht feindselig auf die Tasche in ihrer Hand. Seit heute Mittag befindet sich darin ein Briefumschlag und in dem Umschlag eine Nachricht, kurz und bündig, sachlich, nüchtern … und kalt: ›Infertil, nicht gebärfähig.‹

Drei Worte nur. Worte, deren Bedeutung sie mit solch einer Wucht getroffen haben, dass sie glaubte, danach keinen Schritt mehr tun zu können. Nein, damit hatte sie nicht gerechnet. Sie hatte mit gar nichts gerechnet. In der vorigen Woche hatte sie besagte Untersuchung endlich vornehmen lassen; einfach nur, um ihre Pflicht zu tun, um es abzuhaken. Wenn es nun mal verlangt wird, bitteschön. Keinen einzigen Gedanken hatte sie an irgendwelche Konsequenzen verschwendet. Wie die Patienten, die sich gründlich durchchecken lassen, aber nur um zu erfahren, dass sie rund herum gesund sind. Kommt es dann wider Erwarten zu einer negativen Diagnose, trifft es sie wie ein Hammerschlag. Genauso fühlte sich Helen. Sie war heute kurz vor Mittag zufällig an ihrem persönlichen Schreibfach vorbei gekommen und hatte den Brief entdeckt. Vielleicht eine Änderung ihres Dienstplanes oder sie soll jemanden zurückrufen, hatte sie gedacht und arglos den Umschlag geöffnet. Und dann das, diese Nachricht. Sie verstand sie auf Anhieb; und auch wieder nicht. Wie oft schon hatte sie diese drei Worte gelesen, gehört und auch ausgesprochen, aber immer in Zusammenhang mit fremden Namen. Mit ihr hatten diese Worte nichts zu tun, mit ihr konnten und durften sie nichts zu tun haben. Ein Versehen, ganz sicher. Sie sah auf den Briefumschlag, auf dem eindeutig ihr Name stand. Auch auf dem Schreiben konnte man ihn lesen, zuoberst, klar und deutlich.

Sie war langsam auf einen Stuhl gesunken, die Augen starr auf die Nachricht in ihrer Hand gerichtet. Ganz allmählich ließ das Dröhnen, das von dem Schlag mit dem Hammer herrührte, in ihrem Kopf nach und machte einer heiß aufsteigenden Wut platz. Wie konnte man es wagen, ihr völlig unvorbereitet ein solch niederschmetterndes Untersuchungsergebnis mitzuteilen? Im gleichen Moment schüttelte sie über sich selber den Kopf. Was sollten sie tun? Blumen dazu legen oder vielleicht gleich einen Kranz? Mein Gott, sie befand sich schließlich in einem Krankenhaus, schlechte Nachrichten durch negative Diagnosen sind da gang und gäbe. Ja, schon, aber eigentlich nur für die anderen. –

Was hatte ihr Chef noch zu der jungen Frau gesagt, die sich vorige Woche nach der Bauchspiegelung aus dem Fenster stürzen wollte? ›Sie sind doch noch jung. Sie können Ihr Leben noch ganz neu ausrichten. Und wenn Ihr Partner kein Verständnis für diese unvorhergesehene Situation aufbringen kann oder will, dann werden Sie mit Sicherheit einen anderen Partner für Ihr neues Leben finden.‹ Und Helen hatte daneben gestanden und mit einem ermutigenden Lächeln zustimmend genickt. Und als ihr diese Begebenheit heute Mittag durch den Kopf schoss, fiel sie vor Schreck fast vom Stuhl: Steffen! Oh Gott, Steffen, sie muss es ihm sagen, das ist schließlich der Sinn der Sache. Wie wird er reagieren? Ihr war abwechselnd heiß und kalt geworden.

Und dann war ihr auch noch dieses engelsgleiche Baby eingefallen, das sie heute Morgen der überglücklichen Mutter in den Arm gelegt hatte. Blond und blauäugig, so in etwa hätte auch ihr eigener Nachwuchs, mit Steffen als Vater, aussehen können. Das würde nun nie passieren. Konnte und wollte sie das denn jetzt eigentlich noch auf Dauer, täglich neue Erdenbürger zu sehnsüchtig wartenden, glücklichen Müttern ins Bett legen, obwohl sie selber niemals in diese fest eingeplante Situation kommen würde?

Sie hatte die Augen geschlossen und ganz deutlich gespürt, wie das für ihre Zukunft geplante Leben langsam aus ihr hinaus floss. Es sammelte sich als Rinnsal unter ihrem Stuhl und versickerte dann im Boden. Danach war sie leer wie ein ausgenommener Vogel, nur dass man vergessen hatte, sie vorher zu töten. So hatte sie dagesessen und geglaubt, nie mehr von diesem Stuhl aufstehen zu können. Bis ihr Johanna einfiel.

Entsetzt hatte sie die Augen aufgerissen: Johanna! Wie sollte sie ihr das beibringen? Nein, da konnte sie heute nicht hingehen. Nicht in der Verfassung. Sie würde sie anrufen und unter irgendeinem Vorwand absagen. Und dann? Wie weiter? Auch ihre Eltern wird sie unglücklich machen, trotzdem kann sie sich nicht von nun an auf ewig verleugnen. Für den Moment aber musste sie sich vor allem erst einmal beruhigen und zusammen reißen, schließlich hatte sie noch einige Stunden zu arbeiten. Wie sagt Johanna gewöhnlich? Es wird nichts so heiß gegessen, wie es gekocht wird. –

Helen lehnt noch immer an Johannas Tür. Nein, sie hat ihren Besuch nicht abgesagt und inzwischen ist sie froh darüber, ihre Verzweiflung für sich behalten zu haben. Warum soll man jemanden unglücklich machen, wenn man es vermeiden kann? Johannas Alter kommt ihr dabei zu Hilfe. Sie wird in Kürze neunzig und das Leben ist endlich. Sie selber ist erst fünfundzwanzig, also jung genug, um eine angebliche Schwangerschaft nach Bedarf mit plausiblen Erklärungen hinauszuschieben. So wird Johanna zwar ohne Urenkel sterben, aber mit dem Optimismus, dass ihre Familie weiterexistiert. Vorausgesetzt natürlich, dass Steffen mitspielt. Helens Gesichtsausdruck wird zärtlich: Das wird er bestimmt. Er wird es als selbstverständlich erachten, einer alten Frau die Gewissheit zu ersparen, dass ihre Familie unweigerlich mit ihrer einzigen Enkelin ausstirbt.

Und was ist mit seinem eigenen Wunsch nach Kindern und Familie? Helen schluchzt ganz leise auf. Bisher weiß er nicht einmal etwas von ihrem Unglück. Bis jetzt weiß es immer noch nur sie selber und obwohl alles ganz frisch und wirr in ihr ist, sieht sie ihr kaputtes Leben recht klar vor sich. Tatsache ist, dass sie nie wissen wird, wie es sich anfühlt, schwanger zu sein und Leben zu schenken. Sicher ist auch seit heute Nachmittag, dass sie unter keinen Umständen als Ärztin weiterhin für glückliche Mütter und ihre Neugeborenen zuständig bleiben will. Sie wird ihre Facharztkarriere auf jeden Fall in einer anderen Richtung suchen. Mit ihren fünfundzwanzig Jahren ist sie um einige Jahre jünger als ihre Eltern damals bei einem vergleichbaren Stand der Ausbildung. Schon das Abitur hat man heute zwei Jahre eher in der Tasche als noch ihr Vater und auch das Medizinstudium ist verkürzt worden, weil man händeringend auf jede Arbeitskraft wartet. Demnach ist es keinesfalls zu spät für sie, sich umzuorientieren.

Endlich löst sie sich von dem stützenden Türpfosten und geht die wenigen Schritte bis zum Treppengeländer. Fest steht bis jetzt nur ihr eigenes Unglück. Dass sie Steffen und ihre Eltern unglücklich macht, wird sie nicht vermeiden können. Sie sieht auf die Schachtel mit Sahnetrüffeln in ihrer Hand: Aber Johanna wird sie verschonen, dazu ist sie fest entschlossen.

Helen strafft ihre Schultern und hebt den Kopf. Weiß der Teufel, wie ihr neues Leben aussehen wird. Vielleicht wird sie als Orthopädin mit Steffen ein adoptiertes Kind groß ziehen. Vielleicht auch nicht, wer kann das im Moment schon mit Gewissheit sagen. Wie auch immer, sie wird es versuchen mit ihrem neuen, unbekannten Leben. Von irgendeiner Brücke springen, das kann sie immer noch.

Nachwort

Erich Kästner hat einmal gesagt: Kein Buch ohne Vorwort!

Und natürlich auch nicht ohne Nachwort.

Also, das mit dem Vorwort, das habe ich lieber gelassen. Das war mir, ehrlich gesagt, zu blöd bei einem ersten Buch. Ich wollte lieber erst mal los legen. Oder schreibt man das Vorwort etwa nach Beendigung des Buches? Das würde bedeuten, dass man bei einem zusätzlichen Nachwort eigentlich zwei Nachworte (oder Nachwörter?) schreibt, von denen man eins als Vorwort missbraucht.

Wie auch immer, das Vorwort habe ich mir eh gespart. Dafür ist mir das Nachwort umso wichtiger. Zum einen hat mir das Schreiben wirklich Spaß gemacht und ich mag gar nicht aufhören. Zum anderen höre ich schon jetzt den Vorwurf der zwei oder drei Leser: Unvollständig! Dieses wäre noch wichtig gewesen und jenes hätte unbedingt erwähnt werden müssen, wie überhaupt vieles einfach vergessen oder absichtlich weggelassen wurde.

Tja, was soll ich sagen, natürlich hat man damit einerseits recht, denn Vollständigkeit ist eindeutig Ansichtssache, aber andererseits auch wieder nicht, weil: Ist das nicht mein Buch? Und kann ich darin nicht schreiben und weglassen, was ich will? Sollen sie doch ihr eigenes Buch schreiben, wenn ihnen das anderer Leute nicht passt.

Halt! So sollte man Leser nicht behandeln. Nicht niedermachen darf man sie, man muss sie hofieren. Wie sagt man noch? Der geneigte Leser ... Genau, das ist der richtige Weg, denn was ist ein Buch ohne Lesende – ein Ladenhüter. Nein, beim heutigen Stand der Dinge nicht einmal mehr das, da nur noch nach Bedarf gedruckt wird.

Aber zurück zum eigentlichen Thema: Natürlich gibt es immer noch mehr zu sagen. Selbstverständlich weiß auch ich, dass nicht alle Probleme gelöst sind und nur eitel Freude herrscht, sobald jemand ein Kind sein eigen nennt. Für viele fangen die Probleme dann erst an. Wie ist es sonst zu erklären, dass man gerade jetzt in dieser Zeit in fast wöchentlicher Regelmäßigkeit von ständig wiederkehrenden Greueltaten gegenüber Kindern in der Zeitung liest. Man missbraucht und misshandelt sie; man lässt sie verhungern und verdursten oder man wirft sie gleich nach der Geburt in den Müll. Die Täter sind nicht irgendwelche dunklen, mysteriösen Gestalten, sondern die eigenen Eltern; und es passiert nicht irgendwo, sondern hier in diesem unseren Land.

Und wer glaubt, dass diese Zustände mit Geld zu beheben sind, der ist, je nach Mentalität, ein Träumer oder ein Idiot. Es geht hier nicht um Geldmangel, sondern in erster Linie um Mangel an Gefühl. Das ist auch der Grund für die weit verbreitete Vernachlässigung der eigenen Kinder und das Desinteresse, diese zu anständigen Menschen und damit zu verantwortungsvollen Eltern der Zukunft zu erziehen. Die meisten versuchen krampfhaft die ersten sechs Jahre irgendwie zu überstehen, danach sollen doch die Lehrer in der Schule sehen, wie sie mit ihrem Nachwuchs fertig werden, schließlich werden sie dafür bezahlt. Tja, so weit, so falsch! Erziehung ist immer noch Elternsache.

Nun haben natürlich die Kinderverweigerer gut Naserümpfen. Wo kein Kind ist, kann man auch keins falsch behandeln. Aber wie wäre es mit dem Ehrgeiz, es selber besser zu machen. Ist es denn nicht auch verlockend, mal auf der anderen Seite zu stehen und alles aus der Sicht erziehender Eltern zu betrachten? Man erlebt ganz nebenbei so viel Schönes, was von nichts auf der Welt zu übertreffen ist. Sicher ist es auch anstrengend, aber wer hat gesagt, dass ein gutes Leben leicht sein muss. Und wenn man dann irgendwann seine Bemühungen von Erfolg gekrönt sieht und ein neuer, fertiger, selbständiger Mensch vor einem steht, das ist so … so … also das haut einen einfach um.

Gott sei Dank gibt es erfahrungsgemäß auch immer wieder Fälle, wo aus total durchgestylten Partnern unversehens noch liebevolle, glückliche Eltern werden, sozusagen durch einen ungeplanten »Betriebsunfall« kurz vor Toresschluss. Man reibt sich dann meistens ungläubig die Augen: Aus einem egoistischen Kotzbrocken wird plötzlich ein verantwortungsvoller, kinderbegeisterter Vater und eine oberflächliche Schicki-Micki-Zicke verwandelt sich auf einmal in eine patente, fürsorgliche und tolerante Voll-Mutter. Ich kenne kein weiteres Ereignis, das Menschen auch nur annähernd so positiv verändern kann.

Um unsere Bevölkerung vor dem anhaltenden Kinderschwund zu bewahren, reichen solche vereinzelten Betriebsunfälle natürlich bei weitem nicht aus. Damit so viele Menschen wie nur eben möglich zur Fortpflanzung animiert werden, müssen wir erst das Gefühl für Kinder wieder finden, wo immer wir es auch gelassen haben. Der einfachste und sicherste Weg wäre der, Sie wissen schon, über den Gefühlssimulator. Nein, nein, keine Angst, ich fang jetzt nicht wieder von vorne an. Obwohl es natürlich immer noch etwas zu sagen gäbe …